MW01616661

SV

Band 1541 der Bibliothek Suhrkamp

# Sylvia Plath
# Das Herz steht nicht still

Späte Gedichte 1960-1963

Zweisprachige Ausgabe

Herausgegeben, aus dem Englischen übersetzt
und mit einem Nachwort
von Judith Zander

Suhrkamp Verlag

Mit Ausnahme der im Inhaltsverzeichnis so gekennzeichneten Gedichte erschienen die hier versammelten Werke in englischer Sprache erstmalig in Buchform in den Zyklen *Crossing the Water* und *Winter Trees*, 1971 bei Faber & Faber, London. Nähere editorische Informationen sind in Nachwort und Inhaltsverzeichnis erläutert.

**Klimaneutral**
Druckprodukt
ClimatePartner.com/14438-2110-1001

Erste Auflage 2022
© der deutschsprachigen Ausgabe Suhrkamp Verlag AG, Berlin, 2022
All rights reserved © The Estate of Sylvia Plath 1960, 1961, 1962, 1963, 1971, 1981
Alle Rechte vorbehalten. Wir behalten uns auch eine Nutzung des Werks für Text und Data Mining im Sinne von § 44b UrhG vor.
Umschlaggestaltung nach einem Konzept von Willy Fleckhaus
Satz: Satz-Offizin Hümmer GmbH, Waldbüttelbrunn
Druck: Pustet, Regensburg
Printed in Germany
ISBN 978-3-518-22541-7

www.suhrkamp.de

# Das Herz steht nicht still

The heart doesn't stay still

Happy birthday, baby
you deserve all the happiness
that this little earth has
to offer.
and may you find a
fraction of it in this
collection in the same way I did

Big hugs and many more kisses,

1960

# Stillborn

These poems do not live: it's a sad diagnosis.
They grew their toes and fingers well enough,
Their little foreheads bulged with concentration.
If they missed out on walking about like people
It wasn't for any lack of mother-love.

O I cannot understand what happened to them!
They are proper in shape and number and every part.
They sit so nicely in the pickling fluid!
They smile and smile and smile and smile at me.
And still the lungs won't fill and the heart won't start.

They are not pigs, they are not even fish,
Though they have a piggy and a fishy air –
It would be better if they were alive, and that's what they were.
But they are dead, and their mother near dead with distraction,
And they stupidly stare, and do not speak of her.

# Totgeboren

Diese Gedichte leben nicht: eine traurige Diagnose.
Dabei wuchsen sie gut, alle Zehen- und Fingertriebe.
Ihre kleinen Stirnen schwollen vor Konzentration.
Wenn sie es versäumten herumzulaufen wie Menschen,
Lag's nicht an einem Mangel an Mutterliebe.

Ach, ich begreife gar nicht, was mit ihnen passiert ist!
Sie sind proper in Form und Anzahl und allem Drumrum.
Sie hocken so nett in der konservierenden Lake!
Sie lächeln und lächeln und lächeln und lächeln mir zu.
Und doch füllen die Lungen sich nicht und das Herz bleibt stumm.

Sie sind keine Schweine, sie sind noch nicht einmal Fische,
Obwohl sie eine schweinige, fischige Anmutung haben –
Besser wäre, sie wären lebendig, und das ist's, was sie waren.
Doch sie sind tot, und die Mutter fast tot vor Verzweiflung,
Und sie starren blöde und wollen nichts über sie sagen.

# On Deck

Midnight in the mid-Atlantic. On deck.
Wrapped up in themselves as in thick veiling
And mute as mannequins in a dress shop,
Some few passengers keep track
Of the old star-map on the ceiling.
Tiny and far, a single ship

Lit like a two-tiered wedding cake
Carries its candles slowly off.
Now there is nothing much to look at.
Still nobody will move or speak –
The bingo players, the players at love
On a square no bigger than a carpet

Are hustled over the crests and troughs,
Each stalled in his particular minute
And castled in it like a king.
Small drops spot their coats, their gloves:
They fly too fast to feel the wet.
Anything can happen where they are going.

The untidy lady revivalist
For whom the good Lord provides (He gave
Her a pocketbook, a pearl hatpin
And seven winter coats last August)
Prays under her breath that she may save
The art students in West Berlin.

The astrologer at her elbow (a Leo)
Picked his trip-date by the stars.
He is gratified by the absence of icecakes.
He'll be rich in a year (and he should know)

# An Deck

Mitternacht mitten auf dem Atlantik. An Deck.
In sich selbst wie in Schleier eingesponnen
Und stumm wie Puppen in einem Modegeschäft,
Heften ein paar Passagiere ihren Blick
An die alte Sternkarte über ihnen.
Ein einzelnes Schiff, winzig, weit entfernt,

Wie eine zweistöckige Hochzeitstorte beleuchtet,
Zieht mit seinen Kerzen langsam von dannen.
Viel zu sehen gibt es jetzt nicht mehr.
Doch keiner bewegt sich oder spricht –
Die Bingo-Spieler, die Spieler der Liebe drängen
Sich auf einem Viereck nicht größer

Als ein Teppich über den Wellenkämmen und -tälern,
Jeder gefangen in seinem besonderen Moment,
Verschanzt wie nach der Rochade ein König.
Kleine Tropfen, die die Mäntel, die Handschuhe sprenkeln:
Sie fliegen zu schnell, als dass man die Nässe empfände.
Dort, wohin sie unterwegs sind, ist alles möglich.

Die Erweckte, eine unordentliche Dame,
Für die Der Herr sorgt (An Wintermänteln
Gab er ihr sieben, eine Hutnadel mit Perlen
Letzten August und ein Portemonnaie),
Betet flüsternd, dass sie die Kunststudenten
Erretten möge in West-Berlin.

Der Astrologe an ihrer Seite (ein Löwe)
Wählte nach den Sternen sein Reisedatum.
Das Fehlen von Eisschollen findet er günstig.
In einem Jahr wird er reich sein durch die Verkäufe

Selling the Welsh and English mothers
Nativities at two-and-six.

And the white-haired jeweller from Denmark is carving
A perfectly faceted wife to wait
On him hand and foot, quiet as a diamond.
Moony balloons tied by a string
To their owners' wrists, the light dreams float
To be let loose at news of land.

(Und er muss es wissen) von Geburtshoroskopen
An walisische und englische Mütter zu zwei fünfzig.

Und der weißhaarige, dänische Juwelier
Schleift an einer in allen Facetten perfekten Frau herum,
Die ihn hinten und vorne bedient, still wie ein Diamant.
Als mondheller Ballon, den Besitzern geschnürt
Ums Handgelenk, schwebt je ein leichter Traum,
Um losgelassen zu werden bei Sichtung von Land.

# Sleep in the Mojave Desert

Out here there are no hearthstones,
Hot grains, simply. It is dry, dry.
And the air dangerous. Noonday acts queerly
On the mind's eye, erecting a line
Of poplars in the middle distance, the only
Object beside the mad, straight road
One can remember men and houses by.
A cool wind should inhabit those leaves
And a dew collect on them, dearer than money,
In the blue hour before sunup.
Yet they recede, untouchable as tomorrow,
Or those glittery fictions of spilt water
That glide ahead of the very thirsty.

I think of the lizards airing their tongues
In the crevice of an extremely small shadow
And the toad guarding his heart's droplet.
The desert is white as a blind man's eye,
Comfortless as salt. Snake and bird
Doze behind the old masks of fury.
We swelter like firedogs in the wind.
The sun puts its cinder out. Where we lie
The heat-cracked crickets congregate
In their black armourplate and cry.
The day-moon lights up like a sorry mother,
And the crickets come creeping into our hair
To fiddle the short night away.

# Übernachten in der Mojave-Wüste

Hier draußen gibt es keine Herdstellen,
Nur heiße Körnchen. Es ist trocken, trocken.
Und die Luft gefährlich. Mittag spielt seltsam
Mit dem inneren Auge, stellt eine Reihe
Pappeln in mittlerer Entfernung auf, die einzigen
Objekte neben der irren, schnurgeraden Straße,
Die einen an Menschen und Häuser erinnern kann.
Ein kühler Wind sollte in diesen Blättern wohnen
Und ein Tau, wertvoller als Geld, sich auf ihnen sammeln
In der blauen Stunde vor Sonnenaufgang.
Doch weichen sie zurück, unnahbar wie morgen
Oder jene glitzernden Einbildungen von vergossenem Wasser,
Die vor den sehr Durstigen herschweben.

Ich denke an die Eidechsen, die ihre Zungen kühlen
Im Spalt eines äußerst schmalen Schattens,
Und die Kröte, die das Tröpfchen ihres Herzens beschirmt.
Die Wüste ist weiß wie das Auge eines Blinden,
Trostlos wie Salz. Schlange und Vogel
Dösen hinter den alten Masken des Zorns.
Wir verschmachten wie Feuerböcke im Wind.
Die Sonne löscht ihre Schlacke aus. Wo wir liegen,
Versammeln sich hitzerissige Heuschrecken
Mit ihren schwarzen Panzern und klagen.
Der Tagmond leuchtet auf wie eine bedauernde Mutter,
Und die Heuschrecken kriechen uns ins Haar,
Um die kurze Nacht zu vergeigen.

# Two Campers in Cloud Country
### (Rock Lake, Canada)

In this country there is neither measure nor balance
To redress the dominance of rocks and woods,
The passage, say, of these man-shaming clouds.

No gesture of yours or mine could catch their attention,
No word make them carry water or fire the kindling
Like local trolls in the spell of a superior being.

Well, one wearies of the Public Gardens: one wants a vacation
Where trees and clouds and animals pay no notice;
Away from the labelled elms, the tame tea-roses.

It took three days driving north to find a cloud
The polite skies over Boston couldn't possibly accommodate.
Here on the last frontier of the big, brash spirit

The horizons are too far off to be chummy as uncles;
The colours assert themselves with a sort of vengeance.
Each day concludes in a huge splurge of vermilions

And night arrives in one gigantic step.
It is comfortable, for a change, to mean so little.
These rocks offer no purchase to herbage or people:

They are conceiving a dynasty of perfect cold.
In a month we'll wonder what plates and forks are for.
I lean to you, numb as a fossil. Tell me I'm here.

# Zwei Camper im Wolkenland
## (Rock Lake, Kanada)

Dieses Land besitzt weder Maß noch Gegengewicht,
Um die Herrschaft der Felsen und Wälder auszugleichen,
Das Ziehen dieser, sagen wir, menschenbeschämenden Wolken.

Keine deiner oder meiner Gesten erregt ihre Aufmerksamkeit,
Kein Wort bewegt sie zum Wasserholen oder Anzünden eines Spans
Wie ortsansässige Trolle im Bann eines höheren Wesens.

Nun ja, man wird der öffentlichen Gärten überdrüssig: man will
        einen Urlaub,
Wo Bäume und Wolken und Tiere keine Notiz von einem nehmen;
Weg von den zahmen Teerosen, den beschilderten Ulmen.

Es brauchte drei Tage Fahrt nordwärts, um eine Wolke zu finden,
Die sie unmöglich unterbrächten, die höflichen Himmel Bostons.
Hier, an der letzten Grenze des großen, unverfrorenen Geistes

Sind die Horizonte zu weit weg, um gesellig wie Onkel zu sein;
Die Farben behaupten sich wie besessen.
Jeder Tag endet in einem gewaltigen Zinnober-Prassen,

Und die Nacht kommt mit einem einzigen riesigen Schritt.
Es ist angenehm, so wenig zu bedeuten zur Abwechslung.
Diese Felsen bieten für Kraut oder Menschen keinen Angriffspunkt:

Sie erschaffen eine Dynastie aus vollkommener Kälte.
In einem Monat fragen wir uns, wofür Teller und Gabeln da sind.
Ich lehne mich an dich, starr wie ein Fossil. Sag mir, dass ich hier bin.

The Pilgrims and Indians might never have happened.
Planets pulse in the lake like bright amoebas;
The pines blot our voices up in their lightest sighs.

Around our tent the old simplicities sough
Sleepily as Lethe, trying to get in.
We'll wake blank-brained as water in the dawn.

Die Pilgerväter und Indianer könnte es niemals gegeben haben.
Planeten pulsieren im See wie Amöben, die leuchten;
Die Kiefern verwischen unsere Stimmen mit ihrem leichtesten Seufzen.

Um unser Zelt rauschen, schläfrig wie Lethe,
Die alten Einfachheiten, versuchen hereinzukommen.
Wir werden mit leeren Hirnen erwachen wie Wasser im Morgendämmern.

# Leaving Early

Lady, your room is lousy with flowers.
When you kick me out, that's what I'll remember,
Me, sitting here bored as a leopard
In your jungle of wine-bottle lamps,
Velvet pillows the colour of blood pudding
And the white china flying fish from Italy.
I forget you, hearing the cut flowers
Sipping their liquids from assorted pots,
Pitchers and Coronation goblets
Like Monday drunkards. The milky berries
Bow down, a local constellation,
Toward their admirers in the tabletop:
Mobs of eyeballs looking up.
Are those petals or leaves you've paired them with –
Those green-striped ovals of silver tissue?
The red geraniums I know.
Friends, friends. They stink of armpits
And the involved maladies of autumn,
Musky as a lovebed the morning after.
My nostrils prickle with nostalgia.
Henna hags: cloth of your cloth.
They toe old water thick as fog.

The roses in the Toby jug
Gave up the ghost last night. High time.
Their yellow corsets were ready to split.
You snored, and I heard the petals unlatch,
Tapping and ticking like nervous fingers.
You should have junked them before they died.
Daybreak discovered the bureau lid
Littered with Chinese hands. Now I'm stared at
By chrysanthemums the size

# Früher Aufbruch

Meine Dame, Ihr Zimmer wimmelt von Blumen.
Wenn Sie mich rausschmeißen, werd ich mich daran erinnern,
Wie ich hier sitze, ein gelangweilter Leopard
In Ihrem Dschungel aus Weinflaschenlampen,
Samtkissen in der Farbe von Blutwurst
Und dem weißen Fliegenden Porzellanfisch aus Italien.
Ich vergesse Sie, während ich die Schnittblumen
Ihre Flüssigkeiten schlürfen höre aus allerlei Töpfen,
Kannen und Krönungspokalen,
Wie Montagssäufer. Die milchigen Beeren
Verneigen sich, ein hiesiges Sternbild,
Vor ihren Bewunderern auf der Tischplatte:
Horden aufschauender Augäpfel.
Sind das Blüten oder Blätter, die Sie ihnen gesellten –
Jene grüngestreiften Ovale aus Silberflor?
Die roten Geranien kenne ich.
Freundinnen, Freundinnen. Sie stinken nach Achselhöhlen
Und den Krankheiten, die der Herbst mit sich bringt,
Moschusdünstig wie ein Liebeslager am Morgen danach.
Meine Nasenlöcher kribbeln vor Nostalgie.
Henna-Hexen: Stoff von deinem Stoff.
Sie tunken ihre Zehen in altes Wasser, dick wie Nebel.

Die Rosen im Bierkrug
Gaben letzte Nacht den Geist auf. Höchste Zeit.
Ihre gelben Mieder waren am Platzen.
Du schnarchtest, und ich hörte die Blütenblätter sich ausklinken,
Klopfend und klackend wie unruhige Finger.
Du hättest sie wegwerfen sollen, bevor sie starben.
Der Tagesanbruch gab den Schreibtisch preis,
Übersät von chinesischen Zeichen. Jetzt starren mich
Chrysanthemen an in der Größe

Of Holofernes' head, dipped in the same
Magenta as this fubsy sofa.
In the mirror their doubles back them up.
Listen: your tenant mice
Are rattling the cracker packets. Fine flour
Muffles their bird-feet: they whistle for joy.
And you doze on, nose to the wall.
This mizzle fits me like a sad jacket.
How did we make it up to your attic?
You handed me gin in a glass bud vase.
We slept like stones. Lady, what am I doing
With a lung full of dust and a tongue of wood,
Knee-deep in the cold and swamped by flowers?

Von Holofernes' Kopf, getaucht in das gleiche
Magenta wie dieses knubblige Sofa.
Im Spiegel geben ihnen ihre Ebenbilder Rückendeckung.
Horch: deine Mäuse-Mieter
Rascheln in den Kekspackungen. Feines Mehl
Dämpft ihre Vogelfüße: Sie pfeifen vor Lust.
Und du döst weiter, Nase zur Wand.
Dieses Nieseln passt mir wie eine traurige Jacke.
Wie haben wir's bis in deine Mansarde geschafft?
Du reichtest mir Gin in einer Glasknospenvase.
Wir schliefen wie Steine. Meine Dame, was mache ich
Mit einer Lunge voll Staub und einer Zunge aus Holz,
Knietief in der Kälte und überschwemmt von Blumen?

# Love Letter

Not easy to state the change you made.
If I'm alive now, then I was dead,
Though, like a stone, unbothered by it,
Staying put according to habit.
You didn't just toe me an inch, no –
Nor leave me to set my small bald eye
Skyward again, without hope, of course,
Of apprehending blueness, or stars.

That wasn't it. I slept, say: a snake
Masked among black rocks as a black rock
In the white hiatus of winter –
Like my neighbours, taking no pleasure
In the million perfectly-chiselled
Cheeks alighting each moment to melt
My cheek of basalt. They turned to tears,
Angels weeping over dull natures,
But didn't convince me. Those tears froze.
Each dead head had a visor of ice.

And I slept on like a bent finger.
The first thing I saw was sheer air
And the locked drops rising in a dew
Limpid as spirits. Many stones lay
Dense and expressionless round about.
I didn't know what to make of it.
I shone, mica-scaled, and unfolded
To pour myself out like a fluid
Among bird feet and the stems of plants.
I wasn't fooled. I knew you at once.

# Liebesbrief

Nicht leicht zu sagen, was du verändert hast.
Lebe ich jetzt, war ich vorher wohl tot,
Doch wie ein Stein darum nicht besorgt;
Ich blieb aus Gewohnheit unbewegt.
Dein Zeh schob mich nicht bloß ein Stück weiter, nein –
Noch gingst du, dass mein nacktes Auge von Neuem
Sich himmelwärts richte, obschon ohne Aussicht,
Das Blau zu erfassen, oder Sternenlicht.

Das war's nicht. Ich schlief, sagen wir: schlangengleich,
Getarnt zwischen schwarzen Steinen als schwarzer Stein
In des Winters weißem Pausieren –
Wie meine Nachbarn, und fand kein Vergnügen
An all den Wangen, perfekt gemeißelt,
Die niedergingen auf meiner Basalt-
Wange, sie zu erweichen. Bald Tränen,
Engel, die über stumpfe Naturen weinen,
Mich nicht überzeugten. Ich sah sie gefrieren.
Lauter tote Köpfe mit Eisvisieren.

Ich verharrte, gekrümmt wie ein Finger, im Schlaf.
Pure Luft war das Erste, was ich sah,
Und die starren Tropfen als Tau aufsteigen,
Durchscheinend wie Geister. Ringsum lagen
Viele Steine ausdruckslos und schwerfällig.
Was es bedeuten soll, wusste ich nicht.
Ich glänzte, glimmerschuppig, und goss
Im Entfalten mich aus zwischen Vogelfuß
Und Pflanzenstiel wie eine Flüssigkeit.
Ich ließ mich nicht täuschen. Ich erkannte dich gleich.

Tree and stone glittered, without shadows.
My finger-length grew lucent as glass.
I started to bud like a March twig:
An arm and a leg, an arm, a leg.
From stone to cloud, so I ascended.
Now I resemble a sort of god
Floating through the air in my soul-shift
Pure as a pane of ice. It's a gift.

Baum und Stein glitzerten, schattenlos.
Mein ganzer Finger wurde klar wie Glas.
Ich begann, wie ein Zweig im März zu knospen:
Ein Arm und ein Bein, ein Arm, ein Bein.
Vom Stein zur Wolke stieg ich empor,
So dass ich nun einer Art Gott ähnlich war,
Durch die Luft schwebend in meinem Seelen-Hemd,
Eine Eisscheibe, rein. Es ist ein Geschenk.

# Candles

They are the last romantics, these candles:
Upside down hearts of light tipping wax fingers,
And the fingers, taken in by their own haloes,
Grown milky, almost clear, like the bodies of saints.
It is touching, the way they'll ignore

A whole family of prominent objects
Simply to plumb the deeps of an eye
In its hollow of shadows, its fringe of reeds,
And the owner past thirty, no beauty at all.
Daylight would be more judicious,

Giving everybody a fair hearing.
They should have gone out with balloon flights and
      the stereopticon.
This is no time for the private point of view.
When I light them, my nostrils prickle.
Their pale, tentative yellows

Drag up false, Edwardian sentiments,
And I remember my maternal grandmother from Vienna.
As a schoolgirl she gave roses to Franz Josef.
The burghers sweated and wept. The children wore white.
And my grandfather moped in the Tyrol,

Imagining himself a headwaiter in America,
Floating in a high-church hush
Among ice buckets, frosty napkins.
These little globes of light are sweet as pears.
Kindly with invalids and mawkish women,

# Kerzen

Sie sind die letzten Romantiker, diese Kerzen:
Umgekehrte Herzen aus Licht die Spitze wächserner Finger;
Und die Finger, umschlossen von ihrem eigenen Nimbus,
Sind milchig geworden, fast durchscheinend, wie die
      Körper von Heiligen.
Es ist rührend, wie sie einer ganzen Familie

Auffälliger Dinge keine Beachtung schenken,
Bloß um die Tiefe eines Auges auszuloten
In seiner Senke aus Schatten, seinem Saum aus Schilf,
Die Besitzerin jenseits der dreißig und keine Schönheit.
Tageslicht würde urteilsfähiger sein,

Jeden gerecht behandeln.
Sie hätten aus der Mode kommen müssen wie Ballonflüge und
      das Stereoskop.
Dies ist keine Zeit für private Ansichten.
Wenn ich sie anzünde, kribbeln meine Nasenlöcher.
Ihre blassen, zaghaften Gelbtöne

Holen falsche, edwardianische Empfindungen hervor,
Und ich erinnere mich an meine Großmutter mütterlicherseits aus Wien.
Als Schulmädchen schenkte sie Franz Josef Rosen.
Die Bürger schwitzten und weinten. Die Kinder trugen Weiß.
Mein Großvater blies Trübsal in Tirol

Und sah sich schon als Oberkellner in Amerika
Durch eine hochkirchliche Stille gleiten,
Zwischen Eiskübeln, frostigen Servietten.
Diese kleinen Globen aus Licht sind süß wie Birnen.
Gütig zu den Gebrechlichen, den rührseligen Frauen,

They mollify the bald moon.
Nun-souled, they burn heavenward and never marry.
The eyes of the child I nurse are scarcely open.
In twenty years I shall be retrograde
As these draughty ephemerids.

I watch their spilt tears cloud and dull to pearls.
How shall I tell anything at all
To this infant still in a birth-drowse?
Tonight, like a shawl, the mild light enfolds her,
The shadows stoop over like guests at a christening.

Mildern sie den kahlen Mond.
Nonnenbeseelt, brennen sie himmelwärts und heiraten nie.
Die Augen des Kindes, das ich stille, sind kaum geöffnet.
In zwanzig Jahren werde ich auf dem Rückzug sein
Wie diese flattrigen Eintagsfliegen.

Ich sehe ihre vergossenen Tränen sich trüben und matte Perlen werden.
Wie soll ich ihr überhaupt etwas erzählen,
Diesem Säugling, der noch im Geburtsschlummer liegt?
Heute Abend umhüllt sie das weiche Licht wie ein Schal,
Die Schatten beugen sich über sie wie Gäste bei einer Taufe.

# A Life

Touch it: it won't shrink like an eyeball,
This egg-shaped bailiwick, clear as a tear.
Here's yesterday, last year –
Palm-spear and lily distinct as flora in the vast
Windless threadwork of a tapestry.

Flick the glass with your fingernail:
It will ping like a Chinese chime in the slightest air stir
Though nobody in there looks up or bothers to answer.
The inhabitants are light as cork,
Every one of them permanently busy.

At their feet, the sea waves bow in single file,
Never trespassing in bad temper:
Stalling in midair,
Short-reined, pawing like paradeground horses.
Overhead, the clouds sit tasselled and fancy

As Victorian cushions. This family
Of valentine-faces might please a collector:
They ring true, like good china.

Elsewhere the landscape is more frank.
The light falls without letup, blindingly.

A woman is dragging her shadow in a circle
About a bald, hospital saucer.
It resembles the moon, or a sheet of blank paper
And appears to have suffered a sort of private blitzkrieg.
She lives quietly

## Ein Leben

Berühr es: Es zuckt nicht zurück wie ein Augapfel,
Diese eiförmige Vogtei, tränenklar.
Hier ist Gestern, letztes Jahr –
Palmspross und Lilie deutlich als Flora in dem weiten
Windstillen Fadenwerk einer Tapisseriearbeit.

Schnips ans Glas mit deinem Fingernagel:
Es klingt wie chinesische Glocken im leichtesten Lüftchen,
Obgleich keiner da drinnen aufschaut noch antworten möchte.
Die Bewohner sind leicht wie Kork,
Jeder von ihnen ständig beschäftigt.

Zu ihren Füßen verbeugen sich nacheinander die Wellen,
Nie in übler Laune sich erfrechend:
In der Luft abbrechend,
Kurzgehalten, scharren sie wie Paradepferde.
Oben thronen die Wolken mit Quasten, apart

Wie viktorianische Kissen. Diese Familie
Aus Valentinsmienen könnte einem Sammler gefallen:
Sie klingen echt, wie gutes Porzellan.

Woanders ist die Landschaft offener.
Das Licht fällt ohne Unterlass, grell und hart.

Eine Frau schleift ihren Schatten im Kreis
Über einen blanken Krankenhaus-Teller.
Er ähnelt dem Mond, oder einem leeren Blatt Papier,
Und wirkt wie das Opfer eines privaten Blitzkriegs.
Sie lebt diskret,

With no attachments, like a foetus in a bottle,
The obsolete house, the sea, flattened to a picture
She has one too many dimensions to enter.
Grief and anger, exorcized,
Leave her alone now.

The future is a grey seagull
Tattling in its cat-voice of departure, departure.
Age and terror, like nurses, attend her,
And a drowned man, complaining of the great cold,
Crawls up out of the sea.

Ohne Bindungen, wie ein Fötus in der Flasche;
Das veraltete Haus, das Meer, zu einem Bild verflacht,
Für das sie, um hineinzugehen, eine Dimension zu viel hat.
Gram und Zorn, ausgetrieben,
Lassen sie in Ruhe jetzt.

Die Zukunft ist eine graue Möwe,
Die in ihrer Katzenstimme schwatzt von Abgang, Abgang.
Wie Schwestern pflegen sie Alter und Angst,
Und aus dem Meer kraucht ein Ertrunkener
Herauf, der über die große Kälte klagt.

# Waking in Winter

I can taste the tin of the sky – the real tin thing.
Winter dawn is the color of metal,
The trees stiffen into place like burnt nerves.
All night I have dreamed of destruction, annihilations –
An assembly-line of cut throats, and you and I
Inching off in the gray Chevrolet, drinking the green
Poison of stilled lawns, the little clapboard gravestones,
Noiseless, on rubber wheels, on the way to the sea resort.

How the balconies echoed! How the sun lit up
The skulls, the unbuckled bones facing the view!
Space! Space! The bed linen was giving out entirely.
Cot legs melted in terrible attitudes, and the nurses –
Each nurse patched her soul to a wound and disappeared.
The deathly guests had not been satisfied
With the rooms, or the smiles, or the beautiful rubber plants,
Or the sea, hushing their peeled sense like Old Mother Morphia.

# Erwachen im Winter[1]

Ich kann das Blech des Himmels schmecken – das echte Blechding.
Winterdämmerung hat die Farbe von Metall,
Die Bäume erstarren darin wie verkohlte Nerven.
Die ganze Nacht habe ich von Zerstörung geträumt, Vernichtungen –
Ein Fließband durchschnittener Kehlen, und du und ich
Kriechen davon mit dem grauen Chevrolet, trinken das grüne
Gift befriedeter Rasenflächen, die kleinen Dachschindel-Grabsteine,
Geräuschlos, auf Gummirädern, auf dem Weg ins Seebad.

Wie die Balkone widerhallten! Wie die Sonne
Die Schädel aufleuchten ließ, die gelockerten Knochen in
      Betrachtung der Aussicht!
Platz! Platz! Das Bettzeug war völlig hinüber.
Klappbettbeine schmolzen in heillose Haltungen, und die Schwestern –
Jede Schwester flickte mit ihrer Seele eine Wunde und verschwand.
Die Todesgäste waren nicht zufrieden gewesen
Mit den Zimmern oder dem Lächeln oder den schönen Gummibäumen
Oder dem Meer, das Sch-sch ihrem gehäuteten Geist zuraunte wie die
      Alte Mutter Morphium.

1961

# Parliament Hill Fields

On this bald hill the new year hones its edge.
Faceless and pale as china
The round sky goes on minding its business.
Your absence is inconspicuous;
Nobody can tell what I lack.

Gulls have threaded the river's mud bed back
To this crest of grass. Inland, they argue,
Settling and stirring like blown paper
Or the hands of an invalid. The wan
Sun manages to strike such tin glints

From the linked ponds that my eyes wince
And brim; the city melts like sugar.
A crocodile of small girls
Knotting and stopping, ill-assorted, in blue uniforms,
Opens to swallow me. I'm a stone, a stick,

One child drops a barrette of pink plastic;
None of them seem to notice.
Their shrill, gravelly gossip's funnelled off.
Now silence after silence offers itself.
The wind stops my breath like a bandage.

Southward, over Kentish Town, an ashen smudge
Swaddles roof and tree.
It could be a snowfield or a cloudbank.
I suppose it's pointless to think of you at all.
Already your doll grip lets go.

The tumulus, even at noon, guards its black shadow:
You know me less constant,

# Parliament Hill Fields[2]

An diesem kahlen Hügel schärft das neue Jahr seine Schneide.
Gesichtslos und bleich wie Porzellan
Geht der runde Himmel weiter seinen Angelegenheiten nach.
Deine Abwesenheit ist unauffällig;
Was mir fehlt, sieht mir niemand an.

Möwen sind durch das Flussbett aus Schlamm
Bis zu diesem Graskamm gezogen. Im Binnenland streiten sie,
Lassen sich nieder und wirbeln auf wie verwehtes Papier
Oder die Hände eines Invaliden. Die fahle
Sonne schafft es, solch ein Zinn-Glimmern

In der Kette von Teichen zu zünden, dass meine Augen flimmern
Und überfließen; die Stadt schmilzt wie Zucker.
Ein Krokodil[3] aus kleinen Mädchen,
Schlecht sortiert, in blauen Uniformen, das sich verknotet und stoppt,
Öffnet sein Maul, mich zu schlucken. Ich bin ein Stein, ein Stock,

Ein Kind verliert eine Haarspange aus rosa Plastik;
Keins von ihnen scheint es zu bemerken.
Ihr schriller Reibeisenschwatz ist weggetrudelt.
Nun bietet Stille um Stille sich an.
Der Wind stoppt meinen Atem wie eine Bandage.

Südwärts, über Kentish Town, wickelt[4] eine Schicht aus Asche
Dächer und Bäume.
Es könnte ein Schneefeld sein, eine Wolkenbank.
Ich schätze, es ist sinnlos, überhaupt an dich zu denken.
Schon löst sich dein Puppengriff.

Das Hügelgrab bewacht, selbst mittags, seinen schwarzen Schattenwurf:
Du kennst mich weniger gefasst,

Ghost of a leaf, ghost of a bird.
I circle the writhen trees. I am too happy.
These faithful dark-boughed cypresses

Brood, rooted in their heaped losses.
Your cry fades like the cry of a gnat.
I lose sight of you on your blind journey,
While the heath grass glitters and the spindling rivulets
Unspool and spend themselves. My mind runs with them,

Pooling in heel-prints, fumbling pebble and stem.
The day empties its images
Like a cup or a room. The moon's crook whitens,
Thin as the skin seaming a scar.
Now, on the nursery wall,

The blue night plants, the little pale blue hill
In your sister's birthday picture start to glow.
The orange pompons, the Egyptian papyrus
Light up. Each rabbit-eared
Blue shrub behind the glass

Exhales an indigo nimbus,
A sort of cellophane balloon.
The old dregs, the old difficulties take me to wife.
Gulls stiffen to their chill vigil in the draughty half-light;
I enter the lit house.

Geist eines Blattes, Geist eines Vogels.
Ich umrunde die krummen Bäume. Ich bin überglücklich.
Diese treuen, dunkelästigen Zypressen

Grübeln, verwurzelt in ihren angehäuften Verlusten.
Dein Schrei verklingt wie der Laut einer Mücke.
Ich verliere dich aus den Augen auf deiner blinden Reise,
Während das Heidegras glitzert und die spindeldürren Flüsschen
Sich abspulen und erschöpfen. Mit ihnen läuft meine
    Gedankenschwemme,

Bildet Pfützen in den Absatzspuren, betastet Kiesel und Stämme.
Der Tag leert seine Bilder aus
Wie eine Tasse oder einen Raum. Der Haken des Mondes wird weiß,
Dünn wie die Haut, die eine Wunde säumt.
Jetzt fangen an der Kinderzimmerwand

Die blauen Nachtpflanzen, der kleine blassblaue Hügel an
Zu glühen auf dem Geburtstagsbild deiner Schwester.
Die orangenen Bommeln, der ägyptische Papyrus
Leuchten auf. Jeder kaninchenohrige
Blaue Busch hinter dem Glas

Haucht einen indigofarbenen Schein aus,
Eine Art Zellophan-Ballon.
Der alte Kleinkram, die alten Schwierigkeiten nehmen mich zur Frau.
Möwen versteifen sich zu ihrer kalten Nachtwache im zugigen Halblicht;
Ich betrete das erleuchtete Haus.

# Whitsun

This is not what I meant:
Stucco arches, the banked rocks sunning in rows,
Bald eyes or petrified eggs,
Grownups coffined in stockings and jackets,
Lard-pale, sipping the thin
Air like a medicine.

The stopped horse on his chromium pole
Stares through us; his hooves chew the breeze.
Your shirt of crisp linen
Bloats like a spinnaker. Hat-brims
Deflect the watery dazzle; the people idle
As if in hospital.

I can smell the salt, all right.
At our feet, the weed-moustachioed sea
Exhibits its glaucous silks,
Bowing and truckling like an old-school oriental.
You're no happier than I about it.
A policeman points out a vacant cliff

Green as a pool table, where cabbage butterflies
Peel off to sea as gulls do,
And we picnic in the death-stench of a hawthorn.
The waves pulse and pulse like hearts.
Beached under the spumy blooms, we lie
Seasick and fever-dry.

# Pfingsten

Das ist nicht das, was mir vorschwebte:
Stuckbögen, die Felsenbänke, die sich in Reihen sonnen,
Nackte Augen oder versteinerte Eier,
Erwachsene, eingesargt in Strümpfen und Jacken,
Weiß wie Schmalz und dabei,
Die dünne Luft zu schlürfen wie eine Arznei.

Das eingefrorene Pferd auf seinem Chrompfahl
Starrt durch uns hindurch; seine Hufe kauen den Wind.
Dein gestärktes Leinenhemd
Bläht sich wie ein Spinnaker. Hutkrempen
Lenken das Blenden des Wassers ab; die Leute sind vor Faulheit ratlos
Wie im Krankenhaus.

Ich kann das Salz riechen, na gut.
Zu unseren Füßen legt das tangbärtige Meer
Seine graugrünen Seiden aus,
Verneigt sich und kriecht wie ein altmodischer Orientale.
Du bist darüber auch nicht mehr als ich beglückt.
Ein Polizist zeigt auf ein freies Felsenstück,

Grün wie ein Billardtisch, wo Kohlweißlinge
Zum Meer abdrehen wie Möwen,
Und wir picknicken im Leichengestank eines Weißdorns.
Die Wellen pulsieren und pulsieren wie Herzen.
Gestrandet unter den Schaumblüten, liegen wir
Seekrank und fieberdürr.

# Zoo Keeper's Wife

I can stay awake all night, if need be –
Cold as an eel, without eyelids.
Like a dead lake the dark envelops me,
Blueblack, a spectacular plum fruit.
No airbubbles start from my heart, I am lungless
And ugly, my belly a silk stocking
Where the heads and tails of my sisters decompose.
Look, they are melting like coins in the powerful juices –

The spidery jaws, the spine bones bared for a moment
Like the white lines on a blueprint.
Should I stir, I think this pink and purple plastic
Guts bag would clack like a child's rattle,
Old grievances jostling each other, so many loose teeth.
But what do you know about that
My fat pork, my marrowy sweetheart, face-to-the-wall?
Some things of this world are indigestible.

You wooed me with the wolf-headed fruit bats
Hanging from their scorched hooks in the moist
Fug of the Small Mammal House.
The armadillo dozed in his sandbin
Obscene and bald as a pig, the white mice
Multiplied to infinity like angels on a pinhead
Out of sheer boredom. Tangled in the sweat-wet sheets
I remember the bloodied chicks and the quartered rabbits.

You checked the diet charts and took me to play
With the boa constrictor in the Fellows' Garden.
I pretended I was the Tree of Knowledge.
I entered your bible, I boarded your ark
With the sacred baboon in his wig and wax ears

# Die Frau des Zoowärters

Wenn's sein muss, kann ich die ganze Nacht wach bleiben –
Kalt wie ein Aal, ohne Augenlider.
Wie ein toter See hüllt mich die Dunkelheit ein,
Blauschwarz, eine spektakuläre Pflaume.
Von meinem Herzen steigen keine Luftblasen auf, ich bin lungenlos
Und unansehnlich, mein Bauch ein Seidenstrumpf,
In dem sich die Köpfe und Schwänze meiner Schwestern zersetzen.
Schau, sie schmelzen wie Münzen in den starken Säften –

Die Spinnenkiefer, die Rückengräten entblößt für einen Moment,
Wie die weißen Linien auf einer Blaupause.
Rührte ich mich, würde wohl dieser purpurrosa
Plastik-Gedärmbeutel klappern wie eine Kinderrassel,
Ein Gerangel alter Ärgernisse, so viele lose Zähne.
Doch was weißt du schon davon,
Mein fettes Stück Schwein, mein markiger Liebling, Zur-Wand-Gesicht?
Manche Dinge auf dieser Welt sind unverdaulich.

Du umwarbst mich mit den wolfsköpfigen Fruchtfledermäusen,
Die an ihren versengten Haken im feuchten
Mief des Kleinsäugerhauses hingen.
Das Gürteltier döste in seiner Sandwanne,
Obszön und nackt wie ein Schwein, die weißen Mäuse
Vermehrten sich ins Unendliche, wie Engel auf einem Stecknadelkopf,
Aus schierer Langeweile. Verwickelt in die schweißnassen Laken
Denke ich an die zerstückten Kaninchen und die blutigen Küken.

Du kontrolliertest die Futtertabellen und nahmst mich mit
In den Fellows' Garden, um mit der Boa constrictor zu spielen.
Ich tat, als sei ich der Baum der Erkenntnis.
Ich fand Eingang in deine Bibel, ich ging an Bord deiner Arche
Samt dem heiligen Pavian mit seiner Perücke, den Wachsohren,

And the bear-furred, bird-eating spider
Clambering round its glass box like an eight-fingered hand.
I can't get it out of my mind

How our courtship lit the tindery cages –
Your two-horned rhinoceros opened a mouth
Dirty as a bootsole and big as a hospital sink
For my cube of sugar: its bog breath
Gloved my arm to the elbow.
The snails blew kisses like black apples.
Nightly now I flog apes owls bears sheep
Over their iron stile. And still don't sleep.

Und der bärenpelzigen, vogelfressenden Spinne,
Die wie eine achtfingrige Hand herumklettert in ihrer Glasbox.
Ich kriege es nicht aus dem Kopf,

Wie unser Balzen die Zunder-Käfige entflammte –
Dein zweihörniges Nashorn öffnete ein Maul
Dreckig wie eine Schuhsohle, groß wie ein Krankenhausabfluss,
Für meinen Zuckerwürfel: sein Morast-Atem
Überzog wie ein Handschuh meinen Arm bis zum Ellenbogen.
Die Schnecken warfen Küsse wie schwarze Äpfel.
Jede Nacht peitsche ich jetzt Affe Eule Bär Schaf
Über ihr Eisengatter. Und finde keinen Schlaf.

# Face Lift

You bring me good news from the clinic,
Whipping off your silk scarf, exhibiting the tight white
Mummy-cloths, smiling: I'm all right.
When I was nine, a lime-green anaesthetist
Fed me banana gas through a frog-mask. The nauseous vault
Boomed with bad dreams and the Jovian voices of surgeons.
Then mother swam up, holding a tin basin.
O I was sick.

They've changed all that. Travelling
Nude as Cleopatra in my well-boiled hospital shift,
Fizzy with sedatives and unusually humorous,
I roll to an anteroom where a kind man
Fists my fingers for me. He makes me feel something precious
Is leaking from the finger-vents. At the count of two
Darkness wipes me out like chalk on a blackboard …
I don't know a thing.

For five days I lie in secret,
Tapped like a cask, the years draining into my pillow.
Even my best friend thinks I'm in the country.
Skin doesn't have roots, it peels away easy as paper.
When I grin, the stitches tauten. I grow backward. I'm twenty,
Broody and in long skirts on my first husband's sofa, my fingers
Buried in the lambswool of the dead poodle;
I hadn't a cat yet.

Now she's done for, the dewlapped lady
I watched settle, line by line, in my mirror –
Old sock-face, sagged on a darning egg.

# Facelifting

Du bringst mir gute Nachrichten aus der Klinik,
Reißt deinen Seidenschal runter, zeigst die straffen weißen
Mumien-Lappen, lächelst: Mir geht's gut.
Als ich neun war, flößte mir ein limettengrüner Anästhesist
Bananengas[5] durch eine Froschmaske ein. Die Übelkeitsgruft
Dröhnte von bösen Träumen und den Jupiterstimmen der Chirurgen.
Dann schwamm Mutter herauf, eine Blechschale haltend.
Ach, ging's mir dreckig.

Sie haben das alles geändert. Nackt
Wie Kleopatra reise ich in meinem abgekochten Krankenhaus-Hemd.
Sprudelnd vor Beruhigungsmitteln und ungewöhnlich humorvoll,
Rolle ich in einen Vorraum, wo ein freundlicher Mann
Meine Finger für mich zur Faust formt. Er gibt mir das Gefühl,
Etwas Kostbares rinne aus den Fingerkanälen. Bei Zwei
Wischt Dunkelheit mich aus wie Kreide auf einer Tafel …
Ich habe nichts mitgekriegt.

Fünf Tage liege ich im Verborgenen auf einer Matratze,
Angezapft wie ein Fass, die Jahre sickern in mein Kissen.
Sogar meine beste Freundin denkt, ich sei auf dem Lande.
Haut hat keine Wurzeln, sie löst sich leicht ab wie Papier.
Wenn ich grinse, spannen die Stiche. Ich wachse rückwärts.
    Ich bin zwanzig,
Grüblerisch und mit langem Rock auf dem Sofa meines ersten Mannes,
    meine Finger
Vergraben in der Lammwolle des toten Pudels;
Ich hatte noch keine Katze.

Jetzt ist sie erledigt, die Halslappen-Lady,
Die ich, Falte für Falte, sich einrichten sah im Spiegel –
Altes Sockengesicht, auf einem Stopfpilz erschlafft.

They've trapped her in some laboratory jar.
Let her die there, or wither incessantly for the next fifty years,
Nodding and rocking and fingering her thin hair.
Mother to myself, I wake swaddled in gauze,
Pink and smooth as a baby.

Sie haben sie gefangen in einem Labortiegel.
Lasst sie dort sterben, oder stetig welken die nächsten fünfzig Jahre,
Nicken und schaukeln und ihr dünnes Haar betasten.
Mutter meiner selbst, erwache ich, gewickelt in Gaze,
Rosa und glatt wie ein Baby.

# Heavy Women

Irrefutable, beautifully smug
As Venus, pedestalled on a half-shell
Shawled in blond hair and the salt
Scrim of a sea breeze, the women
Settle in their belling dresses.
Over each weighty stomach a face
Floats calm as a moon or a cloud.

Smiling to themselves, they meditate
Devoutly as the Dutch bulb
Forming its twenty petals.
The dark still nurses its secret.
On the green hill, under the thorn trees,
They listen for the millenium,
The knock of the small, new heart.

Pink-buttocked infants attend them.
Looping wool, doing nothing in particular,
They step among the archetypes.
Dusk hoods them in Mary-blue
While far off, the axle of winter
Grinds round, bearing down with the straw,
The star, the wise grey men.

# Gewichtige[6] Frauen

Unwiderlegbar, wunderschön selbstgefällig
Wie Venus, auf dem Podest einer Halbmuschel,
Gehüllt in blondes Haar und die salzige
Gaze einer Meeresbrise, lassen die Frauen
Sich nieder in ihren glockigen Kleidern.
Über jedem gewichtigen Bauch schwebt still
Ein Gesicht, wie ein Mond, eine Wolke.

In sich hineinlächelnd, sinnen sie
Andächtig wie die Tulpenzwiebel,
Die ihre zwanzig Kronblätter bildet.
Noch nährt die Dunkelheit ihr Geheimnis.
Auf dem grünen Hügel, unter den Dornbüschen
Erwarten sie lauschend das irdische Paradies,
Das Klopfen des kleinen, neuen Herzens.

Rosa-popoige Säuglinge begleiten sie.
Indem sie Wolle wickeln, nichts Besonderes tun,
Treten sie unter die Archetypen.
Dämmerung ummantelt sie mit Marienblau,
Während weit weg die Achse des Winters
Alles zermalmt, das Stroh niederdrückt,
Den Stern, die weisen grauen Männer.

# In Plaster

I shall never get out of this! There are two of me now:
This new absolutely white person and the old yellow one,
And the white person is certainly the superior one.
She doesn't need food, she is one of the real saints.
At the beginning I hated her, she had no personality –
She lay in bed with me like a dead body
And I was scared, because she was shaped just the way I was

Only much whiter and unbreakable and with no complaints.
I couldn't sleep for a week, she was so cold.
I blamed her for everything, but she didn't answer.
I couldn't understand her stupid behaviour!
When I hit her she held still, like a true pacifist.
Then I realized what she wanted was for me to love her:
She began to warm up, and I saw her advantages.

Without me, she wouldn't exist, so of course she was grateful.
I gave her a soul, I bloomed out of her as a rose
Blooms out of a vase of not very valuable porcelain,
And it was I who attracted everybody's attention,
Not her whiteness and beauty, as I had at first supposed.
I patronized her a little, and she lapped it up –
You could tell almost at once she had a slave mentality.

I didn't mind her waiting on me, and she adored it.
In the morning she woke me early, reflecting the sun
From her amazingly white torso, and I couldn't help but notice
Her tidiness and her calmness and her patience:
She humoured my weakness like the best of nurses,
Holding my bones in place so they would mend properly.
In time our relationship grew more intense.

# In Gips

Hier komme ich niemals raus! Es gibt jetzt zwei von mir:
Diese neue vollkommen weiße Person und die alte gelbe,
Und die weiße ist zweifellos die überlegene.
Sie braucht kein Essen, sie ist eine von den echten Heiligen.
Am Anfang hasste ich sie, Persönlichkeit hatte sie keine –
Sie lag mit mir im Bett wie eine Leiche,
Und ich fürchtete mich, denn sie war genauso geformt wie ich,

Nur viel weißer und unzerbrechlich und ganz ohne Beschwerden.
Ich konnte eine Woche nicht schlafen, so kalt war sie.
Ich gab ihr für alles die Schuld, aber bekam keine Antwort.
Ich konnte es nicht verstehen, ihr dummes Verhalten!
Wenn ich sie schlug, hielt sie still, wie eine wahre Pazifistin.
Dann begriff ich: Was sie wollte, war, dass ich sie liebte.
Sie wurde langsam warm, und ich sah ihre Vorzüge.

Ohne mich existierte sie nicht, also war sie natürlich dankbar.
Ich gab ihr eine Seele, in ihr erblühte ich wie eine Rose
Erblüht in einer Vase aus nicht sehr wertvollem Porzellan,
Und ich war es, die die allgemeine Aufmerksamkeit erregte,
Nicht ihre Weiße und Schönheit, das hatte ich erst geglaubt.
Ich gängelte sie ein bisschen, und das ging ihr runter wie Öl –
Man merkte es fast sofort: Sie war eine Sklavennatur.

Ich hatte nichts gegen ihre Dienste, und sie schwärmte dafür.
Morgens weckte sie mich früh, reflektierte die Sonne
Mit ihrem unglaublich weißen Rumpf, und ich konnte nicht anders,
Als ihre Sauberkeit zu bemerken und ihre Ruhe und ihre Geduld:
Sie übte Nachsicht mit meiner Schwäche wie die beste der Krankenschwestern,
Hielt meine Knochen am Platz, dass sie ordentlich heilen würden.
Mit der Zeit wurde unser Verhältnis viel intensiver.

She stopped fitting me so closely and seemed offish.
I felt her criticizing me in spite of herself,
As if my habits offended her in some way.
She let in the draughts and became more and more absentminded.
And my skin itched and flaked away in soft pieces
Simply because she looked after me so badly.
Then I saw what the trouble was: she thought she was immortal.

She wanted to leave me, she thought she was superior,
And I'd been keeping her in the dark, and she was resentful –
Wasting her days waiting on a half-corpse!
And secretly she began to hope I'd die.
Then she could cover my mouth and eyes, cover me entirely,
And wear my painted face the way a mummy-case
Wears the face of a pharaoh, though it's made of mud and water.

I wasn't in any position to get rid of her.
She'd supported me for so long I was quite limp –
I had even forgotten how to walk or sit,
So I was careful not to upset her in any way
Or brag ahead of time how I'd avenge myself.
Living with her was like living with my own coffin:
Yet I still depended on her, though I did it regretfully.

I used to think we might make a go of it together –
After all, it was a kind of marriage, being so close.
Now I see it must be one or the other of us.
She may be a saint, and I may be ugly and hairy,
But she'll soon find out that that doesn't matter a bit.
I'm collecting my strength; one day I shall manage without her,
And she'll perish with emptiness then, and begin to miss me.

Sie hörte auf, mir wie angegossen zu passen, und wirkte kühl.
Ich spürte, wie sie mich unwillkürlich rügte,
Als ob meine Gewohnheiten sie irgendwie verletzten.
Sie ließ Zugluft ein und wurde immer geistesabwesender.
Und meine Haut juckte und schälte sich ab in weichen Flöckchen,
Einfach, weil sie sich so nachlässig um mich kümmerte.
Dann sah ich, wo das Problem lag: Sie dachte, sie wäre unsterblich.

Sie wollte mich verlassen, sie hielt sich für überlegen,
Und ich hatte sie im Ungewissen gelassen, das nahm sie mir übel –
Dass sie ihre Tage verschwendete im Dienst einer Halb-Leiche!
Und heimlich begann sie zu hoffen, ich würde sterben.
Dann könnte sie meinen Mund, meine Augen, mich vollständig bedecken
Und mein gemaltes Gesicht tragen in der Art wie ein Sarkophag
Das Gesicht eines Pharaos trägt, obwohl es nur aus Schlamm und
     Wasser besteht.

Ich war keineswegs in der Lage, sie loszuwerden.
Sie war mir so lang eine Stütze gewesen, dass ich einigermaßen
     schlapp war –
Ich hatte sogar vergessen, wie man geht oder sitzt,
Also passte ich auf, sie nicht irgendwie zu verärgern
Oder vorzeitig damit zu prahlen, wie ich mich rächen würde.
Mit ihr zu leben, war, wie zu leben mit meinem eigenen Sarg:
Doch war ich immer noch abhängig von ihr, wenn auch mit größtem
     Bedauern.

Eigentlich dachte ich immer, wir machen gemeinsam was draus –
Immerhin war es eine Art Ehe, so eng beieinander zu sein.
Jetzt ist mir klar, es kann nur die eine oder die andere geben.
Sie mag eine Heilige sein, und ich hässlich und haarig,
Aber sie wird bald merken, dass das kein bisschen was ausmacht.
Ich sammele meine Kräfte; eines Tages komme ich ohne sie aus,
Und sie geht zugrunde an Leere dann und fängt an, mich zu vermissen.

## I Am Vertical

But I would rather be horizontal.
I am not a tree with my root in the soil
Sucking up minerals and motherly love
So that each March I may gleam into leaf,
Nor am I the beauty of a garden bed
Attracting my share of Ahs and spectacularly painted,
Unknowing I must soon unpetal.
Compared with me, a tree is immortal
And a flower-head not tall, but more startling,
And I want the one's longevity and the other's daring.

Tonight, in the infinitesimal light of the stars,
The trees and flowers have been strewing their cool odours.
I walk among them, but none of them are noticing.
Sometimes I think that when I am sleeping
I must most perfectly resemble them –
Thoughts gone dim.
It is more natural to me, lying down.
Then the sky and I are in open conversation,
And I shall be useful when I lie down finally:
Then the trees may touch me for once, and the flowers
      have time for me.

# Ich bin senkrecht

Aber ich wäre lieber waagerecht.
Ich bin kein Baum, dessen Wurzel im Boden steckt,
Schlürfend nach Mineralien und Mutterliebe,
So dass ich jeden März in Laub schimmernd erschiene,
Noch bin ich die Schönheit einer Gartenrabatte,
Die ihren Anteil von Ahs auf sich zieht, eine prachtvoll gemalte,
Nicht ahnend, dass sie bald ihre Blätter verliert.
Ein Baum ist unsterblich, verglichen mit mir,
Und ein Blütenkopf nicht hoch, doch er kann Aufsehen erregen,
Mir aber fehlt dieser Wagemut und des anderen langes Leben.

Heute Nacht, im unendlich kleinen Sternenlicht,
Verströmen die Bäume und Blumen ihren kühlen Duft.
Ich spaziere herum, ohne dass sie Notiz von mir nähmen.
Ich denke manchmal, ich müsste ihnen
Im Schlaf am vollkommensten ähneln –
Die Gedanken nur Schemen.
Es ist mir natürlicher, mich hinzulegen.
Dann können der Himmel und ich offen reden,
Und ich werde nützlich sein, wenn ich mich hinlege, endgültig,
Dann können mich die Bäume doch berühren, und die Blumen
      haben Zeit für mich.

# Insomniac

The night sky is only a sort of carbon paper,
Blueblack, with the much-poked periods of stars
Letting in the light, peephole after peephole –
A bonewhite light, like death, behind all things.
Under the eyes of the stars and the moon's rictus
He suffers his desert pillow, sleeplessness
Stretching its fine, irritating sand in all directions.

Over and over the old, granular movie
Exposes embarrassments – the mizzling days
Of childhood and adolescence, sticky with dreams,
Parental faces on tall stalks, alternately stern and tearful,
A garden of buggy roses that made him cry.
His forehead is bumpy as a sack of rocks.
Memories jostle each other for face-room like obsolete film stars.

He is immune to pills: red, purple, blue –
How they lit the tedium of the protracted evening!
Those sugary planets whose influence won for him
A life baptized in no-life for a while,
And the sweet, drugged waking of a forgetful baby.
Now the pills are worn-out and silly, like classical gods.
Their poppy-sleepy colours do him no good.

His head is a little interior of grey mirrors.
Each gesture flees immediately down an alley
Of diminishing perspectives, and its significance
Drains like water out the hole at the far end.
He lives without privacy in a lidless room,
The bald slots of his eyes stiffened wide-open
On the incessant heat-lightning flicker of situations.

# Schlafloser

Der Nachthimmel ist nur eine Art Kohlepapier,
Blauschwarz, durch das die Sternenpunkte, oft angeschlagen,
Das Licht einlassen, Guckloch für Guckloch –
Ein knochenweißes Licht, wie der Tod, hinter allen Dingen.
Unter den Augen der Sterne und des Mondes Oh-Grimasse
Quält ihn sein wüstes Kissen, während die Schlaflosigkeit
Ihren feinen, reizenden Sand ausbreitet in alle Richtungen.

Wieder und wieder bringt der alte, körnige Film
Verlegenheiten ans Licht – die Nieseltage
Der Kindheit und Jugendzeit, klebrig von Träumen,
Elterliche Gesichter auf hohen Stängeln, abwechselnd streng und in Tränen,
Ein Garten verlauster Rosen, der ihn zum Weinen brachte.
Seine Stirn ist beulig wie ein Sack Steine.
Erinnerungen drängeln sich um Gesichtsplatz gleich alternden Filmstars.

Er ist immun gegen Pillen: rot, purpur, blau –
Wie sie die Öde des schleppenden Abends erhellten!
Jene zuckrigen Planeten, deren Wirkung ihm ein Leben
Getauft in Nicht-Leben für eine Weile bescherte,
Und das süße, betäubte Erwachen eines vergesslichen Babys.
Jetzt sind die Pillen albern und abgenutzt, wie antike Götter.
Ihre mohnmüden Farben tun ihm nicht gut.

Sein Kopf ist ein kleiner Innenraum grauer Spiegel.
Jede Geste flieht augenblicklich eine Gasse
Schrumpfender Perspektiven hinab, und ihre Bedeutung
Sickert wie Wasser aus der Öffnung am anderen Ende.
Er lebt, niemals ungestört, in einem lidlosen Raum,
Die nackten Schlitze seiner Augen weitgeöffnet versteift
Auf das pausenlos wetterleuchtende Flackern von Situationen.

Nightlong, in the granite yard, invisible cats
Have been howling like women, or damaged instruments.
Already he can feel daylight, his white disease,
Creeping up with her hatful of trivial repetitions.
The city is a map of cheerful twitters now,
And everywhere people, eyes mica-silver and blank,
Are riding to work in rows, as if recently brainwashed.

Die ganze Nacht haben im Granithof unsichtbare Katzen
Gekreischt wie Frauen oder kaputte Instrumente.
Schon spürt er, wie Tageslicht, seine weiße Krankheit,
Heraufkriecht mit ihrem Haufen belangloser Wiederholungen.
Die Stadt ist jetzt ein Plan vergnügten Zwitscherns,
Und überall fahren Leute, Augen glimmersilbern und leer,
In Reihen zur Arbeit, wie frisch gehirngewaschen.

# Widow

Widow. The word consumes itself –
Body, a sheet of newsprint on the fire
Levitating a numb minute in the updraft
Over the scalding, red topography
That will put her heart out like an only eye.

Widow. The dead syllable, with its shadow
Of an echo, exposes the panel in the wall
Behind which the secret passage lies – stale air,
Fusty remembrances, the coiled-spring stair
That opens at the top onto nothing at all ....

Widow. The bitter spider sits
And sits in the centre of her loveless spokes.
Death is the dress she wears, her hat and collar.
The moth-face of her husband, moonwhite and ill,
Circles her like a prey she'd love to kill

A second time, to have him near again –
A paper image to lay against her heart
The way she laid his letters, till they grew warm
And seemed to give her warmth, like a live skin.
But it is she who is paper now, warmed by no-one.

Widow: that great, vacant estate!
The voice of God is full of draughtiness,
Promising simply the hard stars, the space
Of immortal blankness between stars
And no bodies, singing like arrows up to heaven.

Widow, the compassionate trees bend in,
The trees of loneliness, the trees of mourning.

# Witwe

Witwe. Das Wort verzehrt sich selbst –
Körper, ein Blatt Zeitungspapier im Feuer,
Eine betäubte Minute im Aufwind schwebend
Über der sengenden, roten Landschaft,
Die ihr Herz wie ein einzelnes Auge ausreißt.

Witwe. Die tote Silbe, mit ihrem Schatten
Eines Echos, deckt das Wandpanel auf,
Hinter dem der geheime Gang liegt – muffige Luft,
Verstaubte Andenken, die Spiralfedertreppe,
Die nirgendwo hinführt, steigt man sie hinauf ….

Witwe. Die bittere Spinne sitzt
Und sitzt im Zentrum ihrer lieblosen Speichen.
Tod ist das Kleid, das sie trägt, ihr Hut und Kragen.
Das Mottengesicht ihres Mannes, krank und mondfahl,
Umkreist sie wie eine Beute, die sie gerne ein zweites Mal

Töten würde, um ihn wieder bei sich zu haben –
Ein Papierbildnis, das sie ans Herz legen kann
Wie einst seine Briefe, bis sie warm wurden dort
Und ihr Wärme zu geben schienen, wie lebendige Haut.
Nun aber ist sie das Papier, von keinem gewärmt.

Witwe: jenes große, unbewohnte Grundstück!
Die Stimme Gottes ist voll Zugigkeit,
Verspricht nicht mehr als die harten Sterne, den Raum
Unsterblicher Leere zwischen diesen Sternen,
Und keine Körper, wie Pfeile aufsirrend gen Himmelreich.

Witwe, die mitleidigen Bäume stehen gekrümmt,
Die Bäume der Einsamkeit, die Bäume der Trauer.

They stand like shadows about the green landscape –
Or even like black holes cut out of it.
A widow resembles them, a shadow-thing,

Hand folding hand, and nothing in between.
A bodiless soul could pass another soul
In this clear air and never notice it –
One soul pass through the other, frail as smoke
And utterly ignorant of the way it took.

That is the fear she has – the fear
His soul may beat and be beating at her dull sense
Like blue Mary's angel, dovelike against a pane
Blinded to all but the grey, spiritless room
It looks in on, and must go on looking in on.

Sie sind wie Schatten verteilt im Landschaftsgrün –
Oder gar wie ausgeschnittene schwarze Löcher.
Eine Witwe ist ihnen ähnlich, ein Schatten-Ding.

Hand faltet Hand, und nichts dazwischen.
Eine leiblose Seele könnte an einer zweiten
In dieser klaren Luft einfach so vorbeigleiten –
Eine Seele durch die andere hindurchgehen, wie Rauch so zart,
Und ganz ahnungslos über den Weg, den sie nahm.

Das ist die Angst, die sie hat – die Angst,
Seine Seele schlüge und schlüge fortwährend an ihre stumpfen Sinne,
Wie der Engel der Maria-in-Blau taubengleich an eine Scheibe,
Blind für alles außer dem grauen, geistlosen Raum,
Nach dem er schaut, und in den er gezwungen ist immer weiter
    zu schauen.

# Stars over the Dordogne

Stars are dropping thick as stones into the twiggy
Picket of trees whose silhouette is darker
Than the dark of the sky because it is quite starless.
The woods are a well. The stars drop silently.
They seem large, yet they drop, and no gap is visible.
Nor do they send up fires where they fall
Or any signal of distress or anxiousness.
They are eaten immediately by the pines.

Where I am at home, only the sparsest stars
Arrive at twilight, and then after some effort.
And they are wan, dulled by much travelling.
The smaller and more timid never arrive at all
But stay, sitting far out, in their own dust.
They are orphans. I cannot see them. They are lost.
But tonight they have discovered this river with no trouble,
They are scrubbed and self-assured as the great planets.

The Big Dipper is my only familiar.
I miss Orion and Cassiopeia's Chair. Maybe they are
Hanging shyly under the studded horizon
Like a child's too-simple mathematical problem.
Infinite number seems to be the issue up there.
Or else they are present, and their disguise so bright
I am overlooking them by looking too hard.
Perhaps it is the season that is not right.

And what if the sky here is no different,
And it is my eyes that have been sharpening themselves?
Such a luxury of stars would embarrass me.
The few I am used to are plain and durable;
I think they would not wish for this dressy backcloth

# Sterne über der Dordogne

Sterne sinken schwer wie Steine in das verzweigte
Gezäun der Bäume, dessen Silhouette dunkler ist
Als das Dunkel des Himmels, denn es ist ziemlich sternlos.
Der Tann ist ein Brunnen. Die Sterne sinken still.
Sie wirken groß, dennoch sinken sie, und keine Lücke wird sichtbar.
Auch senden sie weder Feuer von dort, wo sie landen,
Noch irgendein Notsignal, eines voll Angstgefühl.
Sie werden sofort von den Pinien gefressen.

Wo ich zu Hause bin, schaffen es bloß die wenigsten Sterne
Ins Zwielicht, und auch nur nach einigen Mühen.
Und sie sind blass, ermattet von langem Reisen.
Die kleineren, zaghafteren kommen gar nicht erst an,
Sondern bleiben, weit draußen, in ihrem eigenen Staub.
Sie sind Waisen. Ich kann sie nicht sehen. Sie kamen vom Wege ab.
Doch heute Nacht haben sie diesen Fluss ohne Schwierigkeiten gefunden.
Sie sind geschrubbt und selbstsicher wie die großen Planeten.

Der Große Wagen ist mir als einziger bekannt.
Ich vermisse Orion und Kassiopeia. Womöglich hängen sie
Scheu unter dem übersäten Horizont
Wie eines Kindes zu einfache Matheaufgabe.
Die unendliche Zahl scheint das Problem dort oben.
Oder sie sind doch da, in Verkleidung so voller Glanz,
Dass ich sie übersehe durch zu genaues Hinsehen.
Vielleicht stimmt auch die Jahreszeit nicht ganz.

Und was, wenn der Himmel hier gar nicht anders ist
Und es meine Augen sind, die sich geschärft haben?
Solch ein Überfluss an Sternen würde mich beschämen.
Die paar, an die ich gewöhnt bin, sind schlicht und beständig;
Ich glaube, sie sehnten sich gar nicht nach solch eleganter Kulisse

Or much company, or the mildness of the south.
They are too puritan and solitary for that –
When one of them falls it leaves a space,

A sense of absence in its old shining place.
And where I lie now, back to my own dark star,
I see those constellations in my head,
Unwarmed by the sweet air of this peach orchard.
There is too much ease here; these stars treat me too well.
On this hill, with its view of lit castles, each swung bell
Is accounting for its cow. I shut my eyes
And drink the small night chill like news of home.

Oder viel Gesellschaft oder der Milde des Südens.
Sie sind zu sehr puritanische Einzelgänger dafür –
Wenn einer von ihnen herabfällt, bleibt der Raum dort leer,

An seinem alten Leuchtplatz ein Gefühl von Er-ist-nicht-mehr.
Und da, wo ich jetzt liege, den Rücken an meinem eigenen dunklen Stern,
Sehe ich jene Konstellationen vor meinem inneren Auge,
Ungewärmt von der süßen Luft dieser Pfirsichplantage.
Es gibt zu viel Leichtigkeit hier; diese Sterne meinen es zu gut mit mir.
Auf diesem Hügel, mit seinem Blick auf erleuchtete Schlösser,
      legt für jede Kuh
Ihr Glockenläuten Rechenschaft ab. Ich mache die Augen zu
Und sauge das bisschen Nachtkühle auf wie Nachrichten von zu Hause.

# Wuthering Heights

The horizons ring me like faggots,
Tilted and disparate, and always unstable.
Touched by a match, they might warm me,
And their fine lines singe
The air to orange
Before the distances they pin evaporate,
Weighting the pale sky with a solider colour.
But they only dissolve and dissolve
Like a series of promises, as I step forward.

There is no life higher than the grasstops
Or the hearts of sheep, and the wind
Pours by like destiny, bending
Everything in one direction.
I can feel it trying
To funnel my heat away.
If I pay the roots of the heather
Too close attention, they will invite me
To whiten my bones among them.

The sheep know where they are,
Browsing in their dirty wool-clouds,
Grey as the weather.
The black slots of their pupils take me in.
It is like being mailed into space,
A thin, silly message.
They stand about in grandmotherly disguise,
All wig curls and yellow teeth
And hard, marbly baas.

I come to wheel ruts, and water
Limpid as the solitudes

# Sturmhöhe

Die Horizonte umringen mich wie Reisigbündel,
Geneigt und ungleich und immer schwankend.
Von einem Streichholz gestreift, wärmten sie mich vielleicht
Und ihre feinen Striche
Versengten die Luft zu Orange,
Bevor die Entfernungen, die sie stecken, verdampfen,
Den blassen Himmel beschwerend mit einer satteren Farbe.
Doch lösen sie sich nur mehr und mehr auf,
Wie eine Reihe Versprechen, während ich weitergehe.

Es gibt kein Leben höher als die Grasspitzen
Oder die Herzen von Schafen, und der Wind
Strömt vorbei wie das Schicksal, biegt
Alles in eine Richtung.
Ich kann spüren, wie er versucht,
Meine Wärme wegzuschleusen.
Schenk ich den Wurzeln des Heidekrauts
Zu große Aufmerksamkeit, laden sie mich am Ende ein,
Meine Knochen bei ihnen zu weißen.

Die Schafe wissen, wo sie sind,
Grasen in ihren schmutzigen Wollwolken,
Grau wie das Wetter.
Die schwarzen Schlitze ihrer Pupillen nehmen mich auf.
Es ist wie versandt zu werden ins All,
Eine dünne, dumme Nachricht.
Sie stehen herum in großmütterlicher Verkleidung,
Ganz Perückenlocken und gelbe Zähne
Und harte, achtlose Bäähs.

Ich gelange zu Radspuren, und Wasser,
Klar wie die Einsamkeiten,

That flee through my fingers.
Hollow doorsteps go from grass to grass;
Lintel and sill have unhinged themselves.
Of people the air only
Remembers a few odd syllables.
It rehearses them moaningly:
Black stone, black stone.

The sky leans on me, me, the one upright
Among all horizontals.
The grass is beating its head distractedly.
It is too delicate
For a life in such company;
Darkness terrifies it.
Now, in valleys narrow
And black as purses, the house lights
Gleam like small change.

Die durch meine Finger fliehen.
Hohle Türstufen führen von Gras zu Gras;
Sturz und Schwelle sind aus den Fugen.
Von Menschen erinnert die Luft nur
Ein paar einzelne Silben.
Sie übt sie stöhnend:
Schwarzer Stein, schwarzer Stein.

Der Himmel stützt sich auf mich, mich, die eine Aufrechte
Unter allen Horizontalen.
Das Gras schlägt seinen Kopf wie wahnsinnig.
Für ein Dasein
In solcher Gesellschaft ist es zu empfindlich;
Dunkelheit jagt ihm Angst ein.
In Tälern eng
Und schwarz wie Portemonnaies
Schimmern jetzt die Hauslichter wie Kleingeld.

# Blackberrying

Nobody in the lane, and nothing, nothing but blackberries,
Blackberries on either side, though on the right mainly,
A blackberry alley, going down in hooks, and a sea
Somewhere at the end of it, heaving. Blackberries
Big as the ball of my thumb, and dumb as eyes
Ebon in the hedges, fat
With blue-red juices. These they squander on my fingers.
I had not asked for such a blood sisterhood; they must love me.
They accommodate themselves to my milkbottle,
        flattening their sides.

Overhead go the choughs in black, cacophonous flocks –
Bits of burnt paper wheeling in a blown sky.
Theirs is the only voice, protesting, protesting.
I do not think the sea will appear at all.
The high, green meadows are glowing, as if lit from within.
I come to one bush of berries so ripe it is a bush of flies,
Hanging their bluegreen bellies and their wing panes in a
        Chinese screen.
The honey-feast of the berries has stunned them;
        they believe in heaven.
One more hook, and the berries and bushes end.

The only thing to come now is the sea.
From between two hills a sudden wind funnels at me,
Slapping its phantom laundry in my face.
These hills are too green and sweet to have tasted salt.
I follow the sheep path between them. A last hook brings me
To the hills' northern face, and the face is orange rock
That looks out on nothing, nothing but a great space
Of white and pewter lights, and a din like silversmiths
Beating and beating at an intractable metal.

# In den Brombeeren

Niemand auf dem Weg, und nichts, nichts als Brombeeren,
Brombeeren zu beiden Seiten, wenn auch hauptsächlich rechts,
Eine Brombeergasse, die in Haken hinabführt, und ein Meer
Irgendwo an ihrem Ende, wogend. Brombeeren
Groß wie mein Daumenballen und stumm wie Augen,
Ebenhölzern in den Hecken, prall
Von blau-roten Säften. Die verschwenden sie an meine Finger.
Ich hatte um solch eine Blutsschwesternschaft nicht gebeten;
    sie müssen mich lieben.
Sie passen sich meiner Milchflasche an, flachen ihre Seiten ab.

Oben ziehen die Dohlen in schwarzen, kakophonischen Scharen –
Stückchen verbrannten Papiers, kreiselnd in einem verwehten Himmel.
Ihre ist die einzige Stimme, protestiert, protestiert.
Ich glaube nicht, dass das Meer überhaupt auftaucht.
Die hohen, grünen Wiesen glühen, wie erleuchtet von innen.
Ich komme zu einem Strauch voll Beeren, so reif, dass er ein Strauch
    voll Fliegen ist,
Die ihre blaugrünen Bäuche und ihre Flügelscheiben an einen
    Wandschirm hängen.
Das Honigfestmahl der Beeren hat sie betäubt; sie glauben ans Himmelreich.
Noch ein Haken, und die Beeren und Sträucher enden.

Das Einzige, was jetzt noch kommt, ist das Meer.
Zwischen zwei Hügeln hervor zerrt ein plötzlicher Wind an mir,
Klatscht mir seine Phantomwäsche ins Gesicht.
Diese Hügel sind zu grün und lieblich, um Salz gekostet zu haben.
Ich folge dem Schafspfad zwischen ihnen. Ein letzter Haken führt mich
Zur nördlichen Stirnseite des Hügels, und die Stirn ist orangener Felsen,
Der einen Ausblick auf nichts gewährt, nichts als einen großen Raum
Aus weißen und zinnernen Lichtern und einem Lärm wie von Silberschmieden,
Die ein widerspenstiges Metall hämmern und hämmern.

# Finisterre

This was the land's end: the last fingers, knuckled and rheumatic,
Cramped on nothing. Black
Admonitory cliffs, and the sea exploding
With no bottom, or anything on the other side of it,
Whitened by the faces of the drowned.
Now it is only gloomy, a dump of rocks –
Leftover soldiers from old, messy wars.
The sea cannons into their ear, but they don't budge.
Other rocks hide their grudges under the water.

The cliffs are edged with trefoils, stars and bells
Such as fingers might embroider, close to death,
Almost too small for the mists to bother with.
The mists are part of the ancient paraphernalia –
Souls, rolled in the doom-noise of the sea.
They bruise the rocks out of existence, then
                resurrect them.
They go up without hope, like sighs.
I walk among them, and they stuff my mouth with cotton.
When they free me, I am beaded with tears.

Our Lady of the Shipwrecked is striding toward the horizon,
Her marble skirts blown back in two pink wings.
A marble sailor kneels at her foot distractedly, and at his foot
A peasant woman in black
Is praying to the monument of the sailor praying.
Our Lady of the Shipwrecked is three times life size,
Her lips sweet with divinity.
She does not hear what the sailor or the peasant is saying –
She is in love with the beautiful formlessness of the sea.

# Finisterre

Dies war das Landesende: die letzten Finger, knöchern und rheumatisch,
Gekrampft um nichts. Schwarz
Mahnende Klippen, und das Meer explodiert
Ohne Boden, oder irgendetwas auf seiner anderen Seite,
Geweißt von den Gesichtern der Ertrunkenen.
Jetzt ist es nur düster, eine Felsen-Müllkippe –
Übriggebliebene Soldaten aus alten, schmutzigen Kriegen.
Das Meer kanonendonnert ihnen ins Ohr, doch sie rühren sich nicht.
Andere Felsen verbergen ihren Groll unter dem Wasser.

Die Klippen sind umsäumt von Klee, Sternen und Glocken,
Wie Finger sie sticken könnten, dicht am Tod,
Beinahe zu klein für die Nebel, sich mit ihnen abzugeben.
Die Nebel sind Teil des historischen Zubehörs –
Seelen, gewälzt im Verdammnis-Lärm des Meers.
Sie stoßen die Felsen ins Jenseits, dann lassen sie
      sie wiederauferstehen.
Sie steigen auf ohne Hoffnung, wie Seufzer.
Ich wandere zwischen ihnen umher, und sie stopfen mir den Mund
      mit Baumwolle.
Wenn sie mich freigeben, bin ich beperlt mit Tränen.

Unsere Liebe Frau der Schiffbrüchigen schreitet gen Horizont,
Ihre Marmorröcke zurückgeweht in zwei rosa Flügeln.
Ein Marmorseemann kniet verstört zu ihren Füßen, und an seinem Fuß
Betet eine Bauersfrau in Schwarz
Zum Denkmal des betenden Seemanns.
Unsere Liebe Frau der Schiffbrüchigen ist dreimal lebensgroß,
Ihre Lippen lieblich von Göttlichkeit.
Sie hört nicht, was der Seemann oder die Bäuerin sagen –
Sie ist verliebt in die schöne Formlosigkeit des Meers.

Gull-coloured laces flap in the sea drafts
Beside the postcard stalls.
The peasants anchor them with conches. One is told:
›These are the pretty trinkets the sea hides,
Little shells made up into necklaces and toy ladies.
They do not come from the Bay of the Dead down there,
But from another place, tropical and blue,
We have never been to.
These are our crêpes. Eat them before they blow cold.‹

Möwenfarbene Spitzen flattern im Seewind
Neben den Postkartenständen.
Die Bauern verankern sie mit Seeschneckenhäusern. Einem wird erzählt:
»Dies sind die hübschen Schmuckstücke, die das Meer versteckt,
Kleine Muscheln, verbastelt zu Halsketten und Püppchen.
Sie kommen nicht aus der Bucht der Toten da unten,
Sondern von einem anderen Ort, tropisch und blau,
Wo wir noch nie waren.
Dies sind unsere Crêpes. Iss sie, bevor sie kalt werden.«

# The Surgeon at 2 a.m.

The white light is artificial, and hygienic as heaven.
The microbes cannot survive it.
They are departing in their transparent garments, turned aside
From the scalpels and the rubber hands.
The scalded sheet is a snowfield, frozen and peaceful.
The body under it is in my hands.
As usual there is no face. A lump of Chinese white
With seven holes thumbed in. The soul is another light.
I have not seen it; it does not fly up.
Tonight it has receded like a ship's light.

It is a garden I have to do with – tubers and fruits
Oozing their jammy substances,
A mat of roots. My assistants hook them back.
Stenches and colours assail me.
This is the lung-tree.
These orchids are splendid. They spot and coil
    like snakes.
The heart is a red-bell-bloom, in distress.
I am so small
In comparison to these organs!
I worm and hack in a purple wilderness.

The blood is a sunset. I admire it.
I am up to my elbows in it, red and squeaking.
Still it seeps up, it is not exhausted.
So magical! A hot spring
I must seal off and let fill
The intricate, blue piping under this pale marble.
How I admire the Romans –
Aqueducts, the Baths of Caracalla, the eagle nose!

# Der Chirurg um 2 Uhr nachts

Das weiße Licht ist künstlich, und hygienisch wie im Himmel.
Die Mikroben überleben es nicht.
Sie scheiden dahin in ihren durchsichtigen Kleidern, beiseitegeschoben
Von den Skalpellen und Gummihänden.
Das abgekochte Laken ist ein Schneefeld, gefroren und friedlich.
Der Körper darunter ist in meinen Händen.
Wie immer gibt es kein Gesicht. Ein Klumpen Porzellanweiß
Mit sieben eingedrückten Löchern. Die Seele ist ein anderes Licht.
Ich habe sie noch nicht gesehen; sie fliegt nicht auf.
Heute Nacht ist sie entschwunden wie ein Schiffslicht.

Es ist ein Garten, mit dem ich's zu tun habe – Knollen und Früchte,
Aus denen marmeladige Substanzen sickern,
Ein Vlies von Wurzeln. Meine Assistenten halten sie mit Haken zurück.
Gestank und Farben bestürmen mich.
Das ist der Lungenbaum.
Diese Orchideen sind herrlich. Sie sprenkeln und winden sich
    wie Schlangen.
Das Herz ist eine rote Glockenblume, in Bedrängnis.
Ich bin so klein
Im Vergleich zu diesen Organen!
Ich wühle und hacke in einer purpurnen Wildnis.

Das Blut ist ein Sonnenuntergang. Ich bewundere es.
Ich stecke bis zu den Ellbogen drin, rot und schmatzend.
Immer noch dringt es herauf, es erschöpft sich nicht.
So magisch! Eine heiße Quelle,
Die ich verstopfen muss, um das verwickelte
Blaue Röhrennetz unterm blassen Marmor sich füllen zu lassen.
Wie ich die Römer bewundere –
Aquädukte, die Thermen von Caracalla, die Adlernase!

The body is a Roman thing.
It has shut its mouth on the stone pill of repose.

It is a statue the orderlies are wheeling off.
I have perfected it.
I am left with an arm or a leg,
A set of teeth, or stones
To rattle in a bottle and take home,
And tissue in slices – a pathological salami.
Tonight the parts are entombed in an icebox.
Tomorrow they will swim
In vinegar like saints' relics.
Tomorrow the patient will have a clean, pink plastic limb.

Over one bed in the ward, a small blue light
Announces a new soul. The bed is blue.
Tonight, for this person, blue is a beautiful colour.
The angels of morphia have borne him up.
He floats an inch from the ceiling,
Smelling the dawn draughts.
I walk among sleepers in gauze sarcophagi.
The red night lights are flat moons. They are dull with blood.
I am the sun, in my white coat,
Grey faces, shuttered by drugs, follow me like flowers.

Der Körper ist eine römische Sache.
Er hat seinen Mund geschlossen über der Steinpille der Ruhe.

Es ist eine Statue, die die Pfleger wegrollen.
Ich habe sie vollendet.
Ich bleibe zurück mit einem Arm oder Bein,
Einem Gebiss, oder Steinen
Für eine Flaschenrassel zum Mitnehmen,
Und Gewebe in Scheiben – einer pathologischen Salami.
Heute Nacht sind die Teile in einer Kühltruhe begraben.
Morgen werden sie in Essig schwimmen
Wie Heiligenreliquien.
Morgen wird der Patient eine saubere rosa Plastikgliedmaße haben.

Über einem Bett der Station verkündet ein kleines blaues Licht
Eine neue Seele. Das Bett ist blau.
Heute Nacht, für diesen Menschen, ist Blau eine schöne Farbe.
Die Morphiumengel haben ihm Mut gemacht.
Er schwebt Zentimeter unter der Decke,
Riecht die Dämmerungslüfte.
Ich gehe umher zwischen Schläfern in Gaze-Sarkophagen.
Die roten Nachtlampen sind flache Monde. Sie sind matt vor Blut.
Ich bin die Sonne in meinem weißen Kittel,
Graue Gesichter, verschlossen von Drogen, folgen mir wie Blumen.

# Last Words

I do not want a plain box, I want a sarcophagus
With tigery stripes, and a face on it
Round as the moon, to stare up.
I want to be looking at them when they come
Picking among the dumb minerals, the roots.
I see them already – the pale, star-distance faces.
Now they are nothing, they are not even babies.
I imagine them without fathers or mothers, like the first gods.
They will wonder if I was important.
I should sugar and preserve my days like fruit!
My mirror is clouding over –
A few more breaths, and it will reflect nothing at all.
The flowers and the faces whiten to a sheet.

I do not trust the spirit. It escapes like steam
In dreams, through mouth-hole or eye-hole. I can't stop it.
One day it won't come back. Things aren't like that.
They stay, their little particular lustres
Warmed by much handling. They almost purr.
When the soles of my feet grow cold,
The blue eye of my turquoise will comfort me.
Let me have my copper cooking pots, let my rouge pots
Bloom about me like night flowers, with a good smell.
They will roll me up in bandages, they will store my heart
Under my feet in a neat parcel.
I shall hardly know myself. It will be dark,
And the shine of these small things sweeter than the face of Ishtar.

# Letzte Worte

Ich will keine einfache Kiste, ich will einen Sarkophag
Mit Tigerstreifen und aufgemaltem Gesicht
Rund wie der Mond, um heraufzustarren.
Ich will sie angucken, wenn sie kommen,
Herumstochern zwischen den stummen Mineralien, den Wurzeln.
Ich sehe sie schon – die blassen, sternfernen Gesichter.
Noch sind sie nichts, sie sind noch nicht einmal Babys.
Ich stelle sie mir ohne Väter oder Mütter vor, wie die ersten Götter.
Sie werden sich fragen, ob ich wichtig war.
Ich sollte meine Tage zuckern und einwecken wie Obst!
Mein Spiegel beschlägt –
Noch ein paar Atemzüge und er wird gar nichts mehr zeigen.
Die Blumen und die Gesichter erbleichen zu einem Laken.

Ich traue dem Geist nicht. Er entweicht wie Dampf
In Träumen, durch Mund- oder Augenhöhle. Ich kann ihn nicht aufhalten.
Eines Tages wird er nicht zurückkommen. Dinge sind nicht so.
Sie bleiben, ihre kleinen besonderen Glanzlichter
Erwärmen sich durch häufigen Gebrauch. Sie schnurren fast.
Wenn meine Fußsohlen kalt werden,
Wird das blaue Auge meines Türkises mich trösten.
Lasst meine Kupferkochtöpfe, lasst meine Rougetöpfe
Um mich herum blühen wie Nachtblumen, mit Wohlgerüchen.
Sie werden mich in Bandagen wickeln, sie werden mein Herz verstauen
In einem sauberen Päckchen unter meinen Füßen.
Ich werde mich kaum wiedererkennen. Es wird dunkel sein
Und der Schein dieser kleinen Dinge lieblicher als das Antlitz von Ischtar.

# Mirror

I am silver and exact. I have no preconceptions.
Whatever I see I swallow immediately
Just as it is, unmisted by love or dislike.
I am not cruel, only truthful –
The eye of a little god, four-cornered.
Most of the time I meditate on the opposite wall.
It is pink, with speckles. I have looked at it so long
I think it is a part of my heart. But it flickers.
Faces and darkness separate us over and over.

Now I am a lake. A woman bends over me,
Searching my reaches for what she really is.
Then she turns to those liars, the candles or the moon.
I see her back, and reflect it faithfully.
She rewards me with tears and an agitation of hands.
I am important to her. She comes and goes.
Each morning it is her face that replaces the darkness.
In me she has drowned a young girl, and in me an old woman
Rises toward her day after day, like a terrible fish.

# Spiegel

Ich bin silbern und genau. Hab keine Vorannahmen.
Was immer ich erblicke, ich schlucke es sofort,
Grad wie es ist, nicht getrübt durch Zu- oder Abneigung.
Ich bin nicht grausam, nur wahrheitsgetreu –
Das Auge eines kleinen Gottes, viereckig.
Die meiste Zeit sinne ich nach über die Gegenwand.
Sie ist rosa, hat Flecken. Ich habe sie so lange angesehen,
Ich glaub, sie ist Teil meines Herzens. Aber sie flackert.
Gesichter und Dunkelheit trennen uns wieder und wieder.

Jetzt bin ich ein See. Eine Frau beugt sich über mich,
Sucht meine Weiten ab nach dem, was sie wirklich ist.
Dann wendet sie sich solchen Lügnern zu wie Kerzen oder dem Mond.
Ich sehe ihren Rücken, und gewissenhaft geb ich ihn wieder.
Sie lohnt es mir mit Tränen und einem Händegefuchtel.
Ich bin wichtig für sie. Sie kommt und geht.
Jeden Morgen ist es ihr Gesicht, das die Dunkelheit ablöst.
In mir hat sie ein junges Mädchen ertränkt, und eine alte Frau
Steigt in mir Tag für Tag zu ihr auf, wie ein schrecklicher Fisch.

# The Babysitters

It is ten years, now, since we rowed to Children's Island.
The sun flamed straight down that noon on the water off Marblehead.
That summer we wore black glasses to hide our eyes.
We were always crying, in our spare rooms, little put-upon sisters,
In the two, huge, white, handsome houses in Swampscott.
When the sweetheart from England appeared, with her cream skin and
    Yardley cosmetics,
I had to sleep in the same room with the baby on a too-short cot,
And the seven-year-old wouldn't go out unless his jersey stripes
Matched the stripes of his socks.

O it was richness! – eleven rooms and a yacht
With a polished mahogany stair to let into the water
And a cabin boy who could decorate cakes in six-coloured frosting.
But I didn't know how to cook, and babies depressed me.
Nights, I wrote in my diary spitefully, my fingers red
With triangular scorch marks from ironing tiny ruchings and puffed
    sleeves.
When the sporty wife and her doctor husband went on one of their cruises
They left me a borrowed maid named Ellen, ›for protection‹,
And a small Dalmatian.

In your house, the main house, you were better off.
You had a rose garden and a guest cottage and a model apothecary shop
And a cook and a maid, and knew about the key to the bourbon.
I remember you playing ›Ja Da‹ in a pink piqué dress
On the gameroom piano, when the ›big people‹ were out,
And the maid smoked and shot pool under a green-shaded lamp.
The cook had one wall eye and couldn't sleep, she was so nervous.
On trial, from Ireland, she burned batch after batch of cookies
Till she was fired.

## Die Babysitterinnen

Es ist zehn Jahre her, seit wir zur Children's Island[7] ruderten.
Die Sonne flammte an jenem Mittag senkrecht aufs Wasser vor
    Marblehead.
In jenem Sommer verbargen wir unsere Augen mit schwarzen Brillen.
Wir weinten die ganze Zeit, in unseren Gästezimmern, kleine ausgenutzte
    Schwestern,
In den zwei großen, weißen, hinreißenden Häusern in Swampscott.
Als der Liebling aus England erschien, mit ihrer Sahnehaut, Yardley-
    Kosmetika,
Musste ich im gleichen Zimmer wie das Baby schlafen, auf einem zu
    kurzen Feldbett,
Und der Siebenjährige wollte nicht raus, bis seine Pulloverstreifen
Zu den Streifen der Socken passten.

Ach, das war Reichtum! – Elf Räume und eine Yacht
Mit einer polierten Mahagoni-Treppe ins Wasser
Und einem Schiffsjungen, der Kuchen verzieren konnte mit
    sechsfarbiger Glasur.
Aber ich konnte nicht kochen, und Babys bedrückten mich.
Nachts schrieb ich boshaft mein Tagebuch, meine Finger rot
Vor dreieckigen Brandmalen vom Bügeln winziger Rüschen und
    Puffärmelchen.
Wenn die flotte Frau und ihr Arzt-Gatte zu einem ihrer Törns aufbrachen,
Ließen sie mir ein geborgtes Hausmädchen namens Ellen »zum Schutz« da,
Und einen kleinen Dalmatiner.

In deinem Haus, dem Haupthaus, hattest du's besser.
Du hattest einen Rosengarten und ein Gästehäuschen und eine
    Modellapotheke
Und eine Köchin und ein Hausmädchen und wusstest vom Schlüssel
    zum Bourbon.

O what has come over us, my sister!
On that day-off the two of us cried so hard to get
We lifted a sugared ham and a pineapple from the grownups' icebox
And rented an old green boat. I rowed. You read
Aloud, crosslegged on the stern seat, from the *Generation of Vipers.*
So we bobbed out to the island. It was deserted –
A gallery of creaking porches and still interiors,
Stopped and awful as a photograph of somebody laughing,
But ten years dead.

The bold gulls dove as if they owned it all.
We picked up sticks of driftwood and beat them off,
Then stepped down the steep beach shelf and into the water.
We kicked and talked. The thick salt kept us up.
I see us floating there yet, inseparable – two cork dolls.
What keyhole have we slipped through, what door has shut?
The shadows of the grasses inched round like hands of a clock,
And from our opposite continents we wave and call.
Everything has happened.

Ich erinnere mich, wie du »Ja-Da«[8] spieltest in einem rosa Piqué-Kleid
Auf dem Spielzimmer-Klavier, wenn die »Großen« weg waren,
Und das Hausmädchen rauchte und Billard spielte unter einer
    grünbeschirmten Lampe.
Die Köchin hatte ein Schielauge und konnte nicht schlafen, sie war
    so nervös.
Auf Probe, aus Irland, ließ sie eine Ladung Kekse nach der anderen
    verbrennen,
Bis sie gefeuert wurde.

Ach, was ist bloß über uns gekommen, meine Schwester!
An jenem freien Tag, um den wir beide so gebettelt hatten,
Mopsten wir einen gezuckerten Schinken und eine Ananas aus dem
    Erwachsenen-Kühlschrank
Und mieteten ein altes grünes Boot. Ich ruderte. Du last
Vor, mit gekreuzten Beinen im Heck, aus der *Generation of Vipers*.[9]
So schaukelten wir raus zur Insel. Sie war verlassen –
Eine Galerie knarrender Veranden und regloser Innenräume,
Stehengeblieben und schrecklich wie ein Foto von einem, der lacht,
Aber seit zehn Jahren tot ist.

Die frechen Möwen stürzten herab, als gehörte alles ihnen.
Wir hoben Treibholzstöcke auf und schlugen sie zurück,
Dann stiegen wir den steilen Strand hinunter und ins Wasser.
Wir strampelten und schwatzten. Das dicke Salz hielt uns oben.
Ich sehe uns noch treiben dort, unzertrennlich – zwei Korkpuppen.
Durch welches Schlüsselloch sind wir gerutscht, welche Tür hat sich
    geschlossen?
Die Schatten der Gräser krochen herum wie Zeiger einer Uhr,
Und von unseren gegenüberliegenden Erdteilen winken und rufen wir.
Alles ist passiert.

1962

# New Year on Dartmoor

This is newness: every little tawdry
Obstacle glass-wrapped and peculiar,
Glinting and clinking in a saint's falsetto. Only you
Don't know what to make of the sudden slippiness,
The blind, white, awful, inaccessible slant.
There's no getting up it by the words you know.
No getting up by elephant or wheel or shoe.
We have only come to look. You are too new
To want the world in a glass hat.

# Neujahr im Dartmoor[10]

Das ist Neuheit: jedes kleine nichtige
Hindernis glasumhüllt und eigentümlich,
Glitzernd und klirrend in einem Heiligenfalsett. Nur du
Weißt nicht, was du anfangen sollst mit der plötzlichen Rutschigkeit,
Der gleißenden, weißen, schrecklichen, unbetretbaren schrägen Bahn.
Da ist kein Hinaufkommen mit den Worten, die du kennst.
Kein Hinaufkommen mit Elefant oder Rad oder Schuh.
Wir sind nur hier zum Schauen. Du bist allzu
Neu, um die Welt mit einem Glashut zu wollen.

## ♡ Three Women
### A Poem for Three Voices

*Setting: A Maternity Ward and round about*

FIRST VOICE:
I am slow as the world. I am very patient,
Turning through my time, the suns and stars
Regarding me with attention.
The moon's concern is more personal:
She passes and repasses, luminous as a nurse.
Is she sorry for what will happen? I do not think so.
She is simply astonished at fertility.

When I walk out, I am a great event.
I do not have to think, or even rehearse.
What happens in me will happen without attention.
The pheasant stands on the hill;
He is arranging his brown feathers.
I cannot help smiling at what it is I know.
Leaves and petals attend me. I am ready.

SECOND VOICE:
When I first saw it, the small red seep, I did not believe it.
I watched the men walk about me in the office. They were
        so flat!
There was something about them like cardboard, and now
        I had caught it,
That flat, flat, flatness from which ideas, destructions,
Bulldozers, guillotines, white chambers of shrieks proceed,
Endlessly proceed – and the cold angels, the abstractions.
I sat at my desk in my stockings, my high heels,

# Drei Frauen[11]
## Ein Gedicht für drei Stimmen

*Schauplatz: Eine Entbindungsstation und drum herum*

ERSTE STIMME:
Ich bin langsam wie die Welt. Ich bin sehr geduldig,
Kreise durch meine Zeit, die Sonnen und Sterne
Betrachten mich aufmerksam.
Das Interesse der Mondin ist persönlicher:
Sie schaut wieder und wieder vorbei, leuchtend wie eine Schwester.
Bedauert sie, was geschehen wird? Ich glaube nicht.
Sie ist einfach erstaunt über die Fruchtbarkeit.

Sobald ich hinausgehe, bin ich ein großes Ereignis.
Ich muss darüber nicht nachdenken, oder gar üben.
Was in mir geschieht, wird ohne mein Zutun geschehen.
Der Fasan steht auf dem Hügel;
Er ordnet seine braunen Federn.
Ich kann nicht anders als lächeln über das, was ich weiß.
Blätter und Blüten erwarten mich. Ich bin bereit.

ZWEITE STIMME:
Zuerst, als ich es sah, das bisschen Sickerrot, hab ich es nicht geglaubt.
Ich schaute zu, wie die Männer um mich herumliefen im Büro.
    Sie waren so flach!
Sie hatten etwas Pappenhaftes an sich, und jetzt hatte ich es auch,
Diese flache, flache Flachheit, von der Ideen, Zerstörungen,
Bulldozer, Guillotinen, weiße Schreikammern ausgehen,
Endlos ausgehen – und die kalten Engel, die Abstraktionen.
Ich saß an meinem Schreibtisch in meinen Nylons, meinen
    Hackenschuhen,

And the man I work for laughed: ›Have you seen something awful?
You are so white, suddenly.‹ And I said nothing.
I saw death in the bare trees, a deprivation.
I could not believe it. Is it so difficult
For the spirit to conceive a face, a mouth?
The letters proceed from these black keys, and these black
        keys proceed
From my alphabetical fingers, ordering parts,

Parts, bits, cogs, the shining multiples.
I am dying as I sit. I lose a dimension.
Trains roar in my ears, departures, departures!
The silver track of time empties into the distance,
The white sky empties of its promise, like a cup.
These are my feet, these mechanical echoes.
Tap, tap, tap, steel pegs. I am found wanting.

This is a disease I carry home, this is a death.
Again, this is a death. Is it the air,
The particles of destruction I suck up? Am I a pulse
That wanes and wanes, facing the cold angel?
Is this my lover then? This death, this death?
As a child I loved a lichen-bitten name.
Is this the one sin then, this old dead love of death?

THIRD VOICE:
I remember the minute when I knew for sure.
The willows were chilling,
The face in the pool was beautiful, but not mine –
It had a consequential look, like everything else,
And all I could see was dangers: doves and words,
Stars and showers of gold – conceptions, conceptions!
I remember a white, cold wing

Und der Mann, für den ich arbeite, lachte: »Haben Sie was
    Schreckliches gesehen?
Sie sind ja auf einmal so weiß.« Und ich sagte nichts.
Ich sah den Tod in den kahlen Bäumen, eine Aberkennung.
Ich konnte es nicht glauben. Ist es so schwer
Für den Geist, ein Gesicht, einen Mund anzunehmen?
Die Buchstaben gehen von diesen schwarzen Tasten aus, und diese
    schwarzen Tasten
Von meinen alphabetischen Fingern, die Teile ordern, ordnen,

Teile, Stückchen, Rädchen, die blanken Vervielfachten.
Ich sterbe, wie ich so dasitze. Ich verliere eine Dimension.
Züge rattern in meinen Ohren, Abfahrten, Abfahrten!
Das Silbergleis der Zeit verliert sich in der Ferne,
Der weiße Himmel kippt sein Versprechen wie eine Tasse aus.
Das sind meine Füße, diese mechanischen Echos.
Klack, klack, klack, Stahlstifte. Ich werde für unzulänglich befunden.

Dies ist eine Krankheit, die ich nach Hause mitbringe, dies ist ein Tod.
Dies ist, noch einmal, ein Tod. Ist es die Luft,
Die zerstörerischen Partikel, die ich aufsauge? Bin ich ein Puls,
Der schwächer und schwächer wird, im Angesicht des kalten Engels?
Ist das also mein Geliebter? Dieser Tod, dieser Tod?
Als Kind liebte ich einen flechtenzerfressenen Namen.
Ist das also die eine Sünde, diese alte tote Liebe zum Tod?

DRITTE STIMME:
Ich erinnere mich an den Augenblick, in dem ich mir sicher war.
Die Weiden ließen mich frösteln,
Das Gesicht im Teich war schön, aber nicht meins –
Es hatte einen gewichtigen Ausdruck, wie alles andere,
Und wohin ich auch sah, nur Gefahren: Tauben und Worte,
Sterne und Goldregen[12] – Empfängnisse, Empfängnisse!
Ich erinnere mich an einen weiß-kalten Flügel

And the great swan, with its terrible look,
Coming at me, like a castle, from the top of the river.
There is a snake in swans.
He glided by; his eye had a black meaning.
I saw the world in it – small, mean and black,
Every little word hooked to every little word, and act to act.
A hot blue day had budded into something.

I wasn't ready. The white clouds rearing
Aside were dragging me in four directions.
I wasn't ready.
I had no reverence.
I thought I could deny the consequence –
But it was too late for that. It was too late, and the face
Went on shaping itself with love, as if I was ready.

SECOND VOICE:
It is a world of snow now. I am not at home.
How white these sheets are. The faces have no features.
They are bald and impossible, like the faces of my children,
Those little sick ones that elude my arms.
Other children do not touch me: they are terrible.
They have too many colours, too much life. They are not quiet,
Quiet, like the little emptinesses I carry.

I have had my chances. I have tried and tried.
I have stitched life into me like a rare organ,
And walked carefully, precariously, like something rare.
I have tried not to think too hard. I have tried to be natural.
I have tried to be blind in love, like other women,
Blind in my bed, with my dear blind sweet one,
Not looking, through the thick dark, for the face of another.

Und den großen Schwan mit seinem furchtbaren Blick,
Auf mich zukommend, wie ein Schloss, vom oberen Ende des Flusses.
Es steckt eine Schlange in Schwänen.
Er glitt vorbei; in seinem Auge lag ein schwarzer Sinn.
Ich sah die Welt darin – klein, gemein und schwarz,
Jedes kleine Wort verhakt mit jedem kleinen Wort, und Tat mit Tat.
Ein heißer blauer Tag war zu etwas geknospt.

Ich war nicht bereit. Die weißen Wolken, die sich abseits
Auftürmten, zogen mich in vier Richtungen auseinander.
Ich war nicht bereit.
Ehrfurcht hatte ich keine.
Ich dachte, ich könnte die Folgen verneinen –
Aber dafür war es zu spät. Es war zu spät, und das Gesicht
Fuhr fort, den Ausdruck der Liebe anzunehmen, als wäre ich bereit.

ZWEITE STIMME:
Die Welt ist nun aus Schnee. Ich bin nicht zu Hause.
Wie weiß diese Laken sind. Die Gesichter haben keine Züge.
Sie sind nackt und unmöglich, wie die Gesichter meiner Kinder,
Jener kleinen, kranken, die sich meinen Armen entziehen.
Andere Kinder berühren mich nicht: Sie sind schrecklich.
Sie haben zu viele Farben, zu viel Leben. Sie sind nicht still,
Still, wie die kleine Leere, die ich trage.

Ich hatte Gelegenheiten genug. Ich habe es wieder und wieder versucht.
Ich habe mir Leben eingenäht wie ein seltenes Organ
Und ging ganz vorsichtig, unsicher, wie eine Seltenheit.
Ich habe versucht, nicht zu viel nachzudenken. Ich habe versucht,
    natürlich zu sein.
Ich habe versucht, blind vor Liebe zu sein, wie die anderen Frauen,
Blind im Bett, mit meinem süßen, blinden Liebsten, und nicht
Durch das dichte Dunkel Ausschau zu halten nach dem Gesicht
    eines andern.

I did not look. But still the face was there,
The face of the unborn one that loved its perfections,
The face of the dead one that could only be perfect
In its easy peace, could only keep holy so.
And then there were other faces. The faces of nations,
Governments, parliaments, societies,
The faceless faces of important men.

It is these men I mind:
They are so jealous of anything that is not flat! They are jealous gods
That would have the whole world flat because they are.
I see the Father conversing with the Son.
Such flatness cannot but be holy.
›Let us make a heaven,‹ they say.
›Let us flatten and launder the grossness from these souls.‹

FIRST VOICE:
I am calm. I am calm. It is the calm before something awful:
The yellow minute before the wind walks, when the leaves
Turn up their hands, their pallors. It is so quiet here.
The sheets, the faces, are white and stopped, like clocks.
Voices stand back and flatten. Their visible hieroglyphs
Flatten to parchment screens to keep the wind off.
They paint such secrets in Arabic, Chinese!

I am dumb and brown. I am a seed about to break.
The brownness is my dead self, and it is sullen:
It does not wish to be more, or different.
Dusk hoods me in blue now, like a Mary.
O colour of distance and forgetfulness! –
When will it be, the second when Time breaks
And eternity engulfs it, and I drown utterly?

Ich schaute nicht hin. Doch das Gesicht war da,
Das Gesicht des Ungeborenen, das seine Vollkommenheit liebte,
Das Gesicht des Toten, das nur vollkommen
In seinem schlichten Frieden sein konnte, nur so heilig bleiben.
Und daneben andere Gesichter. Die Gesichter von Nationen,
Regierungen, Parlamenten, Gesellschaften,
Die gesichtslosen Gesichter wichtiger Männer.

Es sind diese Männer, gegen die ich was habe:
Sie sind so eifersüchtig auf alles nicht Flache! Sie sind eifersüchtige Götter,
Die die ganze Welt flach wollen, weil sie es sind.
Ich sehe den Vater im Austausch mit dem Sohn.
Solche Flachheit kann nicht anders als heilig sein.
»Lass uns einen Himmel machen«, sagen sie.
»Lass uns aus diesen Seelen die Plumpheit waschen und plätten.«

ERSTE STIMME:
Ich bin ruhig. Ich bin ruhig. Es ist die Ruhe vor etwas Schrecklichem:
Die gelben Momente, bevor der Wind losgeht, wenn die Blätter
Ihre Hände, ihre Blässe nach oben wenden. Es ist so still hier.
Die Laken, die Gesichter sind weiß und angehalten, wie Uhren.
Stimmen treten zurück und verflachen. Ihre sichtbaren Hieroglyphen
Verflachen zu Pergamentschirmen, die den Wind abhalten.
Sie pinseln solche Geheimnisse auf Arabisch, Chinesisch!

Ich bin dumpf und braun. Ich bin ein Saatkorn kurz vorm Aufplatzen.
Das Braune ist mein totes Selbst, und es ist mürrisch:
Es will nicht mehr sein, als es ist, oder anders.
Abenddämmerung hüllt mich in Blau jetzt, wie eine Maria.
Oh Farbe der Ferne und des Vergessens! –
Wann wird er sein, der Moment, da die Zeit reißt
Und die Ewigkeit sie verschlingt und ich restlos untergehe?

I talk to myself, myself only, set apart –
Swabbed and lurid with disinfectants, sacrificial.
Waiting lies heavy on my lids. It lies like sleep,
Like a big sea. Far off, far off, I feel the first wave tug
Its cargo of agony toward me, inescapable, tidal.
And I, a shell, echoing on this white beach
Face the voices that overwhelm, the terrible element.

THIRD VOICE:
I am a mountain now, among mountainy women.
The doctors move among us as if our bigness
Frightened the mind. They smile like fools.
They are to blame for what I am, and they know it.
They hug their flatness like a kind of health.
And what if they found themselves surprised, as I did?
They would go mad with it.

And what if two lives leaked between my thighs?
I have seen the white clean chamber with its instruments.
It is a place of shrieks. It is not happy.
›This is where you will come when you are ready.‹
The night lights are flat red moons. They are dull with blood.
I am not ready for anything to happen.
I should have murdered this, that murders me.

FIRST VOICE:
There is no miracle more cruel than this.
I am dragged by the horses, the iron hooves.
I last. I last it out. I accomplish a work.
Dark tunnel, through which hurtle the visitations,
The visitations, the manifestations, the startled faces.
I am the centre of an atrocity.
What pains, what sorrows must I be mothering?

Ich spreche mit mir selbst, nur mir selbst, abgesondert –
Betupft und grell leuchtend von Desinfektionsmitteln, zum Opfern bereit.
Das Warten lastet auf meinen Lidern. Es liegt dort wie Schlaf,
Wie ein großes Meer. Weit weg, weit weg die erste Welle, ich spür
Sie ihre Schmerzensfracht heranschleppen, unausweichlich, gezeitengleich.
Und ich, eine Muschel, widerhallend an diesem weißen Strand,
Trotze den Stimmen, die überwältigen, dem furchtbaren Element.

DRITTE STIMME:
Nun bin ich ein Berg, unter bergigen Frauen.
Die Ärzte bewegen sich unter uns, als ob unser Umfang
Dem Denken Angst einjagte. Sie lächeln wie Idioten.
Sie sind schuld an dem, was ich bin, und sie wissen es ja.
Sie klammern sich an ihre Flachheit wie an eine Art Gesundheit.
Was, wenn sie sich so überrumpelt fänden, wie ich es war?
Sie würden verrückt dran werden, ganz klar.

Und was, wenn zwei Leben zwischen meinen Schenkeln ausliefen?
Ich habe die weiße, saubere Kammer mit den Instrumenten gesehen.
Es ist ein Ort der Schreie. Wo keiner glücklich klingt.
»Hier kommen Sie hin, wenn Sie so weit sind.«
Die Nachtlampen sind flache rote Monde. Sie sind matt vor Blut.
Ich bin für gar nichts bereit.
Ich hätte das umbringen sollen, was mich umbringt.

ERSTE STIMME:
Es gibt kein grausameres Wunder als dieses.
Ich werde von Pferden geschleift, den Eisenhufen.
Ich halte. Ich halte es aus. Ich vollende ein Werk.
Dunkler Tunnel, durch den die Erscheinungen rasen,
Die Erscheinungen, die Offenbarungen, die entsetzten Gesichter.
Ich bin der Mittelpunkt einer Bluttat.
Welcher Schmerzen, welcher Leiden werde ich Mutter?

Can such innocence kill and kill? It milks my life.
The trees wither in the street. The rain is corrosive.
I taste it on my tongue, and the workable horrors,
The horrors that stand and idle, the slighted godmothers
With their hearts that tick and tick, with their satchels
      of instruments.
I shall be a wall and a roof, protecting.
I shall be a sky and a hill of good: O let me be!

A power is growing on me, an old tenacity.
I am breaking apart like the world. There is this blackness,
This ram of blackness. I fold my hands on a mountain.
The air is thick. It is thick with this working.
I am used. I am drummed into use.
My eyes are squeezed by this blackness.
I see nothing.

SECOND VOICE:
I am accused. I dream of massacres.
I am a garden of black and red agonies. I drink them,
Hating myself, hating and fearing. And now the world conceives
Its end and runs toward it, arms held out in love.
It is a love of death that sickens everything.
A dead sun stains the newsprint. It is red.
I lose life after life. The dark earth drinks them.

She is the vampire of us all. So she supports us,
Fattens us, is kind. Her mouth is red.
I know her. I know her intimately –
Old winter-face, old barren one, old time bomb.
Men have used her meanly. She will eat them.
Eat them, eat them, eat them in the end.
The sun is down. I die. I make a death.

Kann solche Unschuld wieder und wieder töten? Sie melkt mein Leben.
Die Bäume verkümmern am Straßenrand. Der Regen ist zersetzend.
Ich schmecke ihn auf der Zunge, und die funktionierenden Schrecken,
Die Schrecken, die tatenlos rumstehen, die beleidigten Patentanten
Mit ihren Herzen, die ticken und ticken, mit ihren Taschen voll
    Instrumenten.
Ich werde eine Mauer und ein Dach sein, schützend.
Ich werde ein Himmel und ein Hügel des Guten sein:
    Oh lasst mich in Ruhe!

Eine Kraft macht sich in mir breit, eine alte Beharrlichkeit.
Ich breche auseinander wie die Welt. Da ist diese Schwärze,
Diese Ramme aus Schwärze. Ich falte meine Hände über einem Berg.
Die Luft ist dick. Sie ist von Arbeit stickig.
Ich werde benutzt. Ich werde zum Nutzen geprügelt.
Meine Augen werden zusammengepresst von Schwärze.
Ich sehe nichts.

ZWEITE STIMME:
Ich werde angeklagt. Ich träume von Massakern.
Ich bin ein Garten voll schwarzer und roter Qualen. Ich trinke sie,
Mich selbst hassend, hassend und fürchtend. Und nun empfängt die Welt
Ihr Ende und rennt darauf zu, mit liebesoffenen Armen.
Es ist eine Liebe zum Tod, die alles infiziert.
Eine tote Sonne wirft Flecken auf Zeitungspapier. Es ist rot.
Ich verliere Leben um Leben. Die dunkle Erde trinkt sie.

Sie ist unser aller Vampir. Also erhält sie uns,
Mästet uns, ist freundlich. Ihr Mund ist rot.
Ich kenne sie. Ich kenne sie sehr gut –
Altes Wintergesicht, alte Unfruchtbare, alte Zeitbombe.
Männer haben sie missbraucht. Sie wird sie alle fressen.
Fressen, fressen, fressen am Ende.
Die Sonne ist untergegangen. Ich sterbe. Ich lege einen Tod hin.

FIRST VOICE:
Who is he, this blue, furious boy,
Shiny and strange, as if he had hurtled from a star?
He is looking so angrily!
He flew into the room, a shriek at his heel.
The blue colour pales. He is human after all.
A red lotus opens in its bowl of blood;
They are stitching me up with silk, as if I were a material.

What did my fingers do before they held him?
What did my heart do, with its love?
I have never seen a thing so clear.
His lids are like the lilac-flower
And soft as a moth, his breath.
I shall not let go.
There is no guile or warp in him. May he keep so.

SECOND VOICE:
There is the moon in the high window. It is over.
How winter fills my soul! And that chalk light
Laying its scales on the windows, the windows of empty offices,
Empty schoolrooms, empty churches. O so much emptiness!
There is this cessation. This terrible cessation of everything.
These bodies mounded around me now, these polar sleepers –
What blue, moony ray ices their dreams?

I feel it enter me, cold, alien, like an instrument.
And that mad, hard face at the end of it, that O-mouth
Open in its gape of perpetual grieving.
It is she that drags the blood-black sea around
Month after month, with its voices of failure.
I am helpless as the sea at the end of her string.
I am restless. Restless and useless. I, too, create corpses.

ERSTE STIMME:

Wer ist er, dieser blaue, wutschnaubende Junge,
Glänzend und fremd, wie hergeschossen von einem Stern?
Er sieht so zornig aus!
Er flog in den Raum, ein Schrei ihm auf den Fersen.
Die blaue Farbe verblasst. Er ist ein Mensch, nun doch.
Ein roter Lotus öffnet sich in seiner Schale voll Blut.
Sie nähen mich mit Seide zusammen, als wäre ich ein Stoff.

Was taten meine Finger, bevor sie ihn hielten?
Was tat mein Herz, mit seiner Liebe?
So etwas Klares sah ich noch nie.
Seine Lider sind wie Fliederblüten
Und sacht, wie ein Falter, sein Atem.
Ich lasse ihn nicht wieder los.
Es ist nichts Listiges oder Krummes an ihm. Bleibe er so.

ZWEITE STIMME:

Dort steht die Mondin im hohen Fenster. Es ist vorbei.
Wie Winter meine Seele erfüllt! Und dieses Kreidelicht,
Das seinen Kalk auf die Fenster legt, die Fenster leerer Büros,
Leerer Klassenzimmer, leerer Kirchen. Oh, nichts als Leere bloß!
Da ist dieser Stillstand. Dieser furchtbare Stillstand von allem.
Diese nun um mich aufgeschichteten Körper, diese polaren Schläfer –
Welch blauer, mondferner Strahl überzieht ihre Träume mit Eis?

Ich spüre ihn in mich eindringen, kalt, fremd, wie ein Instrument.
Und dieses irre, harte Gesicht an seinem Ende, diesen Oh-Mund,
Geöffnet zu seinem Klaffen unaufhörlichen Trauerns.
Sie ist es, die das blutschwarze Meer herumzerrt,
Monat für Monat, mit seinen Stimmen des Scheiterns.
Ich bin so hilflos wie das Meer am Ende ihrer Leine.
Ich bin rastlos. Rastlos und nutzlos. Auch ich erschaffe Leichen.

I shall move north. I shall move into a long blackness.
I see myself as a shadow, neither man nor woman,
Neither a woman, happy to be like a man, nor a man
Blunt and flat enough to feel no lack. I feel a lack.
I hold my fingers up, ten white pickets.
See, the darkness is leaking from the cracks.
I cannot contain it. I cannot contain my life.

I shall be a heroine of the peripheral.
I shall not be accused by isolate buttons,
Holes in the heels of socks, the white mute faces
Of unanswered letters, coffined in a letter case.
I shall not be accused, I shall not be accused.
The clock shall not find me wanting, nor these stars
That rivet in place abyss after abyss.

THIRD VOICE:
I see her in my sleep, my red, terrible girl.
She is crying through the glass that separates us.
She is crying, and she is furious.
Her cries are hooks that catch and grate like cats.
It is by these hooks she climbs to my notice.
She is crying at the dark, or at the stars
That at such a distance from us shine and whirl.

I think her little head is carved in wood,
A red, hard wood, eyes shut and mouth wide open.
And from the open mouth issue sharp cries
Scratching at my sleep like arrows,
Scratching at my sleep, and entering my side.
My daughter has no teeth. Her mouth is wide.
It utters such dark sounds it cannot be good.

Ich werde nordwärts ziehen. Ich werde in eine lange Schwärze einziehen.
Ich betrachte mich selbst als Schatten, weder Mann noch Frau,
Weder eine Frau, froh darüber, wie ein Mann zu sein, noch ein Mann,
Stumpf und flach genug, um keinen Mangel zu spüren. Ich spüre
     einen Mangel.
Ich strecke meine Finger aus, zehn weiße Latten.
Guck, die Dunkelheit sickert aus den Spalten.
Ich kann sie nicht aufhalten. Ich kann mein Leben nicht aufhalten.

Ich werde eine Heldin des Nebensächlichen sein.
Sie werden mich nicht anklagen, einzelne Knöpfe und Löcher
In den Fersen von Strümpfen, die weißen, stummen Gesichter
Unbeantworteter Briefe, eingesargt in einer Schachtel.
Sie werden mich nicht anklagen, sie werden mich nicht anklagen.
Die Uhr wird mich nicht unzulänglich finden, auch nicht diese Sterne,
Die einen Abgrund nach dem anderen festnageln.

DRITTE STIMME:
Ich sehe sie im Schlaf, mein rotes, furchtbares Mädchen.
Sie schreit durch das Glas, das uns trennt.
Sie schreit, und sie ist wutentbrannt.
Ihre Schreie sind Haken, die krallen und kratzen wie Katzen.
Es sind diese Haken, mit denen sie meine Aufmerksamkeit erklimmt.
Sie schreit das Dunkel an oder die Sterne,
Die in solcher Ferne von uns leuchten, sich drehen wie Rädchen.

Ich glaub, ihr kleiner Kopf, der ist aus Holz geschnitzt,
Ein rotes, hartes Holz, die Augen zu, der Mund jedoch weit offen.
Und aus dem offenen Mund dringen schrille Schreie,
Die ritzen meinen Schlaf wie Pfeile,
Die ritzen meinen Schlaf und dringen mir in die Seite.
Meine Tochter hat keine Zähne. Ihr Mund ist weit.
Er bringt so dunkle Töne hervor, er lässt nichts Gutes hoffen.

FIRST VOICE:
What is it that flings these innocent souls at us?
Look, they are so exhausted, they are all flat out
In their canvas-sided cots, names tied to their wrists,
The little silver trophies they've come so far for.
There are some with thick black hair, there are some bald.
Their skin tints are pink or sallow, brown or red;
They are beginning to remember their differences.

I think they are made of water; they have no expression.
Their features are sleeping, like light on quiet water.
They are the real monks and nuns in their identical garments.
I see them showering like stars on to the world –
On India, Africa, America, these miraculous ones,
These pure, small images. They smell of milk.
Their footsoles are untouched. They are walkers of air.

Can nothingness be so prodigal?
Here is my son.
His wide eye is that general, flat blue.
He is turning to me like a little, blind, bright plant.
One cry. It is the hook I hang on.
And I am a river of milk.
I am a warm hill.

SECOND VOICE:
I am not ugly. I am even beautiful.
The mirror gives back a woman without deformity.
The nurses give back my clothes, and an identity,
It is usual, they say, for such a thing to happen.
It is usual in my life, and the lives of others.
I am one in five, something like that. I am not hopeless.
I am beautiful as a statistic. Here is my lipstick.

ERSTE STIMME:

Was wirft uns diese unschuldigen Seelen bloß entgegen?
Schau, sie sind so erschöpft, dass sie alle geplättet
In ihren leinwandverkleideten Bettchen liegen, um ihre Handgelenke
    die Namen,
Die kleinen Silbertrophäen, für die sie so lang unterwegs waren.
Es gibt ein paar mit dichten schwarzen Haaren, es gibt ein paar Kahlköpfe.
Ihre Haut ist rosa oder blassgelb gefärbt, braun oder rot;
Sie fangen an, sich auf ihre Unterschiede zu besinnen.

Ich glaube, sie sind aus Wasser; sie haben gar keinen Ausdruck.
Ihre Züge ruhen, wie Licht auf stillem Wasser.
Sie sind die wahren Mönche und Nonnen in ihren gleichen Kleidern.
Ich sehe sie wie Sterne auf die Erde regnen –
Auf Indien, Afrika, Amerika, diese Wundersamen,
Diese reinen, kleinen Abbilder. Sie riechen nach Milch.
Ihre Fußsohlen sind unberührt. Sie sind Luftwanderer.

Kann das Nichts so verschwenderisch sein?
Hier ist mein Sohn.
Sein weites Auge hat das gewöhnliche, flache Blau.
Er dreht sich zu mir wie eine kleine, blinde, leuchtende Pflanze.
Ein Schrei. Es ist der Haken, an dem ich hänge.
Und ich bin ein Fluss aus Milch.
Ich bin ein warmer Hügel.

ZWEITE STIMME:

Ich bin nicht hässlich. Ich bin sogar schön.
Der Spiegel gibt eine Frau wieder, ohne jede Deformation.
Die Schwestern geben mir meine Sachen wieder, und meine Person,
Es ist ganz normal, sagen sie, dass so etwas passiert.
Es ist ganz normal in meinem Leben und dem der anderen.
Ich bin eine von fünf, so ungefähr. Ich bin nicht hoffnungslos.
Ich bin schön wie eine Statistik. Hier ist mein Lippenstift.

I draw on the old mouth.
The red mouth I put by with my identity
A day ago, two days, three days ago. It was a Friday.
I do not even need a holiday; I can go to work today.
I can love my husband, who will understand.
Who will love me through the blur of my deformity
As if I had lost an eye, a leg, a tongue.

And so I stand, a little sightless. So I walk
Away on wheels, instead of legs, they serve as well.
And learn to speak with fingers, not a tongue.
The body is resourceful.
The body of a starfish can grow back its arms
And newts are prodigal in legs. And may I be
As prodigal in what lacks me.

THIRD VOICE:
She is a small island, asleep and peaceful,
And I am a white ship hooting: Goodbye, goodbye.
The day is blazing. It is very mournful.
The flowers in this room are red and tropical.
They have lived behind glass all their lives, they have been
        cared for tenderly.
Now they face a winter of white sheets, white faces.
There is very little to go into my suitcase.

There are the clothes of a fat woman I do not know.
There is my comb and brush. There is an emptiness.
I am so vulnerable suddenly.
I am a wound walking out of hospital.
I am a wound that they are letting go.
I leave my health behind. I leave someone
Who would adhere to me: I undo her fingers like bandages: I go.

Ich male mir den alten Mund an.
Den roten Mund, den ich beiseitelegte mit meiner Person,
Vor einem Tag, zwei Tagen, vor drei Tagen. Es war ein Freitag.
Ich brauche nicht mal einen Urlaubstag; ich kann heute zur Arbeit.
Ich kann meinen Mann lieben, der mich verstehen wird.
Der mich lieben wird durch die Trübung meiner Deformation,
Als hätte ich ein Auge verloren, ein Bein, eine Zunge.

Und so stehe ich da, ein wenig sehschwach. So gehe ich
Davon auf Rädern statt Beinen, sie tun's auch.
Und lerne, mit Fingern zu sprechen anstelle der Zunge.
Der Körper ist einfallsreich.
Der Körper eines Seesterns kann seine Arme nachwachsen lassen
Und Molche leben im Überfluss, verlieren sie ein Bein.
Und möge auch mir in dem, was mir fehlt, solch Überfluss gegeben sein.

DRITTE STIMME:
Sie ist eine kleine Insel, schlafend und friedlich,
Und ich bin ein weißes, tutendes Schiff: Leb wohl, leb wohl.
Der Tag ist gleißend. Er ist sehr traurig.
Die Blumen in diesem Zimmer sind rot und tropisch.
Sie haben ihr ganzes Leben hinter Glas verbracht, sie wurden
    zärtlich umsorgt.
Jetzt sehen sie einem Winter aus weißen Laken, weißen Gesichtern entgegen.
Es gibt sehr wenig in meinen Koffer zu legen.

Da sind die Sachen einer dicken Frau, die ich nicht kenne.
Da sind mein Kamm und meine Bürste. Da ist eine Leere.
Ich bin plötzlich so verletzlich.
Ich bin eine aus dem Krankenhaus gehende Wunde.
Ich bin eine von ihnen entlassene Wunde.
Ich lasse meine Gesundheit zurück. Ich verlasse jemanden,
Der an mir kleben würde: Ich löse ihre Finger wie Pflaster: Ich gehe.

SECOND VOICE:
I am myself again. There are no loose ends.
I am bled white as wax, I have no attachments.
I am flat and virginal, which means nothing has happened,
Nothing that cannot be erased, ripped up and scrapped,
    begun again.
These little black twigs do not think to bud,
Nor do these dry, dry gutters dream of rain.
This woman who meets me in windows – she is neat.

So neat she is transparent, like a spirit.
How shyly she superimposes her neat self
On the inferno of African oranges, the heel-hung pigs.
She is deferring to reality.
It is I. It is I –
Tasting the bitterness between my teeth.
The incalculable malice of the everyday.

FIRST VOICE:
How long can I be a wall, keeping the wind off?
How long can I be
Gentling the sun with the shade of my hand,
Intercepting the blue bolts of a cold moon?
The voices of loneliness, the voices of sorrow
Lap at my back ineluctably.
How shall it soften them, this little lullaby?

How long can I be a wall around my green property?
How long can my hands
Be a bandage to his hurt, and my words
Bright birds in the sky, consoling, consoling?
It is a terrible thing

ZWEITE STIMME:
Ich bin wieder ich selbst. Es gibt keine offenen Fragen.
Ich bin wachsweiß ausgeblutet, ich hab nichts mit mir rumzutragen.
Ich bin flach und jungfräulich, das bedeutet, nichts ist geschehen,
Nichts, was nicht ausradiert werden könnte, zerrissen und weggeworfen
    und neu begonnen.
Diese schwarzen, kleinen Zweige versehen sich nicht zu knospen,
Noch träumen diese trockenen, trockenen Rinnsteine von Regen.
Diese Frau, die mir in Fensterscheiben begegnet – sie ist rein.

So rein, dass sie durchscheinend ist, wie ein Geist.
Wie scheu sie ihr reines Selbst
Über das Inferno afrikanischer Apfelsinen legt, an der Haxe
    aufgehangene Schweine.
Sie lässt der Wirklichkeit den Vortritt.
Das bin ich. Das bin ich –
Die die Bitterkeit zwischen den Zähnen schmeckt.
Die unkalkulierbare Tücke des Alltäglichen.


ERSTE STIMME:
Wie lange kann ich eine Mauer bilden, die den Wind abhält?
Wie lange kann ich
Die Sonne abmildern mit dem Schirm meiner Hand,
Die blauen Blitze eines kalten Mondes abwehren?
Die Stimmen der Einsamkeit, die Stimmen der Sorge
Schwappen mir gegen den Rücken, unvermeidlich.
Wie soll es sie besänftigen, dieses kleine Wiegenlied?

Wie lange kann ich eine Mauer bilden um mein grünes Grundstück?
Wie lange können meine Hände
Verbände um sein Weh sein und meine Worte
Helle Vögel am Himmel, tröstend, tröstend?
Es ist eine furchtbare Sache,

To be so open: it is as if my heart
Put on a face and walked into the world.

THIRD VOICE:
Today the colleges are drunk with spring.
My black gown is a little funeral:
It shows I am serious.
The books I carry wedge into my side.
I had an old wound once, but it is healing.
I had a dream of an island, red with cries.
It was a dream, and did not mean a thing.

FIRST VOICE:
Dawn flowers in the great elm outside the house.
The swifts are back. They are shrieking like paper rockets.
I hear the sound of the hours
Widen and die in the hedgerows. I hear the moo of cows.
The colours replenish themselves, and the wet
Thatch smokes in the sun.
The narcissi open white faces in the orchard.

I am reassured. I am reassured.
These are the clear bright colours of the nursery,
The talking ducks, the happy lambs.
I am simple again. I believe in miracles.
I do not believe in those terrible children
Who injure my sleep with their white eyes, their fingerless hands.
They are not mine. They do not belong to me.

I shall meditate upon normality.
I shall meditate upon my little son.
He does not walk. He does not speak a word.
He is still swaddled in white bands.
But he is pink and perfect. He smiles so frequently.

So offen zu sein: Es ist, als ob mein Herz
Ein Gesicht aufsetzte und in die Welt hinaus ginge.

DRITTE STIMME:
Die ganze Uni ist trunken vor Frühling heute.
Mein schwarzes Kleid ist eine kleine Beerdigung:
Es zeigt meine Ernsthaftigkeit.
Die Bücher, die ich trage, keilen sich in meine Seite.
Ich hatte mal eine Wunde, aber sie heilt.
Ich hatte einen Traum von einer Insel, rot vor Schreien.
Es war ein Traum, bedeutete nichts weiter.

ERSTE STIMME:
Ich sehe das Morgenrot in der großen Ulme vorm Haus erblühen.
Die Mauersegler sind zurück. Sie pfeifen wie Papierraketen.
Ich höre, wie der Klang der Stunden
Sich dehnt und erstirbt in den Hecken. Ich höre das Muhen von Kühen.
Die Farben füllen sich selber nach, und das nasse
Reetdach dampft in der Sonne.
Die Narzissen öffnen ihre weißen Gesichter im Garten.

Ich bin beruhigt. Ich bin beruhigt.
Dies sind die klaren, hellen Farben der Kinderstube,
Die sprechenden Enten, die fröhlichen Lämmer.
Ich bin wieder einfach. Ich glaube an Wunder.
Ich glaube nicht an jene furchtbaren Kinder,
Die meinen Schlaf verletzen mit ihren weißen Augen, fingerlosen Händen.
Das sind nicht meine. Die gehören nicht zu mir.

Ich werde über Normalität nachdenken.
Ich werde über meinen kleinen Sohn nachdenken.
Er kann nicht laufen. Er spricht kein Wort.
Er ist noch immer in weiße Tücher gewickelt.
Doch er ist rosig und vollkommen. Er lächelt in einem fort.

I have papered his room with big roses,
I have painted little hearts on everything.

I do not will him to be exceptional.
It is the exception that interests the devil.
It is the exception that climbs the sorrowful hill
Or sits in the desert and hurts his mother's heart.
I will him to be common,
To love me as I love him,
And to marry what he wants and where he will.

THIRD VOICE:
Hot noon in the meadows. The buttercups
Swelter and melt, and the lovers
Pass by, pass by.
They are black and flat as shadows.
It is so beautiful to have no attachments!
I am solitary as grass. What is it I miss?
Shall I ever find it, whatever it is?

The swans are gone. Still the river
Remembers how white they were.
It strives after them with its lights.
It finds their shapes in a cloud.
What is that bird that cries
With such sorrow in its voice?
I am young as ever, it says. What is it I miss?

SECOND VOICE:
I am at home in the lamplight. The evenings are lengthening.
I am mending a silk slip: my husband is reading.
How beautifully the light includes these things.
There is a kind of smoke in the spring air,
A smoke that takes the parks, the little statues

Ich habe seinen Raum mit großen Rosen tapeziert,
Ich habe kleine Herzen auf alles gemalt.

Ich bestimme ihn nicht dazu, außergewöhnlich zu sein.
Gerade die Ausnahme interessiert den Teufel.
Gerade die Ausnahme steigt auf den Kummerhügel
Oder hockt in der Wüste und tut seiner Mutter weh.
Ich bestimme ihn dazu, gewöhnlich zu sein,
Mich zu lieben wie ich ihn.
Und zu heiraten, wen und wo er will.


DRITTE STIMME:
Heißer Mittag in den Wiesen. Die Butterblumen
Schmachten und zerfließen, und die Liebenden
Gehen vorüber, gehen vorüber.
Sie sind schwarz und flach wie Schatten.
Es ist so schön, an nichts gebunden zu sein!
Ich bin allein wie Gras. Was fehlt mir eigentlich?
Werd ich es jemals finden, was es auch sei für mich?


Die Schwäne sind weg. Doch der Fluss
Erinnert sich noch an ihr Weiß.
Er trachtet nach ihnen mit seinen Lichtern.
Er findet ihre Formen in einer Wolke.
Was für ein Vogel schreit so kläglich,
Mit solchem Kummer in der Stimme?
Ich bin so jung wie immer, ruft er. Was fehlt mir eigentlich?


ZWEITE STIMME:
Ich bin zu Hause im Lampenlicht. Die Abende werden länger.
Ich bessere einen seidenen Unterrock aus: Mein Mann liest.
Wie schön das Licht diese Dinge umfängt.
Es liegt eine Art Rauch in der Frühlingsluft,
Ein Rauch, der Parks, die kleinen Statuen

With pinkness, as if a tenderness awoke,
A tenderness that did not tire, something healing.

I wait and ache. I think I have been healing.
There is a great deal else to do. My hands
Can stitch lace neatly on to this material. My husband
Can turn and turn the pages of a book.
And so we are at home together, after hours.
It is only time that weighs upon our hands.
It is only time, and that is not material.

The streets may turn to paper suddenly, but I recover
From the long fall, and find myself in bed,
Safe on the mattress, hands braced, as for a fall.
I find myself again. I am no shadow
Though there is a shadow starting from my feet. I am a wife.
The city waits and aches. The little grasses
Crack through stone, and they are green with life.

Mit Rosa überhaucht, als erwachte eine Zärtlichkeit,
Eine Zärtlichkeit, die nicht ermüdete, etwas, das heilt.

Ich warte mit Schmerzen. Ich glaube, ich wurde heil.
Es gibt eine Menge anderes zu tun. Meine Hände
Können Spitze sauber diesem Stoff aufnähen. Mein Mann
Kann Seite um Seite seines Buches umblättern.
So sind wir zusammen zu Hause, nach Feierabend.
Es ist nur Zeit, die schwer in unseren Händen wiegt.
Es ist nur Zeit, und die ist ja kein Stoff.

Die Straßen könnten plötzlich aus Papier sein, aber ich
Erhole mich vom langen Sturz und finde mich im Bett
Auf der Matratze wieder, sicher, Hände verankert, wie für einen Sturz.
Ich finde mich selbst wieder. Bin kein Schatten,
Auch wenn ein Schatten dort von meinen Füßen ausgeht. Ich bin ihm
    zur Frau gegeben.
Die Stadt wartet mit Schmerzen. Die kleinen Gräser
Brechen durch Stein, und sie sind grün vor Leben.

# An Appearance

The smile of iceboxes annihilates me.
Such blue currents in the veins of my loved one!
I hear her great heart purr.

From her lips ampersands and percent signs
Exit like kisses.
It is Monday in her mind: morals

Launder and present themselves.
What am I to make of these contradictions?
I wear white cuffs, I bow.

Is this love then, this red material
Issuing from the steel needle that flies so blindingly?
It will make little dresses and coats,

It will cover a dynasty.
How her body opens and shuts –
A Swiss watch, jewelled in the hinges!

O heart, such disorganization!
The stars are flashing like terrible numerals.
ABC, her eyelids say.

# Eine Erscheinung

Das Lächeln von Kühltruhen vernichtet mich.
Solch blaue Ströme in den Adern meiner Geliebten!
Ich höre ihr großes Herz schnurren.

Wie Küsse verlassen Et- und Prozentzeichen
Ihre Lippen.
In ihrem Kopf ist es Montag: Lektionen

Waschen sich, stellen sich vor.
Was soll ich halten von diesen Widersprüchen?
Ich trage weiße Manschetten, ich verbeuge mich.

Ist das also Liebe, dieser rote Stoff,
Hervorquellend unter der Stahlnadel, die so blendend dahinfliegt?
Er wird kleine Kleider und Mäntel ergeben,

Er wird ein ganzes Geschlecht einhüllen.
Wie ihr Körper sich öffnet und schließt –
Eine Schweizer Uhr, an den Scharnieren Juwelen!

Oh Herz, welch Unordnung!
Die Sterne funkeln wie schreckliche Ziffern.
ABC, sagen ihre Lider.

# Crossing the Water

Black lake, black boat, two black, cut-paper people.
Where do the black trees go that drink here?
Their shadows must cover Canada.

A little light is filtering from the water flowers.
Their leaves do not wish us to hurry:
They are round and flat and full of dark advice.

Cold worlds shake from the oar.
The spirit of blackness is in us, it is in the fishes.
A snag is lifting a valedictory, pale hand;

Stars open among the lilies.
Are you not blinded by such expressionless sirens?
This is the silence of astounded souls.

## Übers Wasser

Schwarzer See, schwarzes Boot, zwei schwarze Scherenschnitt-Menschen.
Wohin reichen die schwarzen Bäume, die hier trinken?
Ihre Schatten müssen ganz Kanada bedecken.

Ein wenig Licht filtert sich aus den Wasserpflanzen.
Ihre Blätter fordern uns nicht zur Eile auf:
Sie sind rund und flach und voll von dunklem Rat.

Kalte Welten zittern vom Ruder.
Der Geist der Schwärze ist in uns, er ist in den Fischen.
Ein Baumstumpf hebt abschiednehmend die blasse Hand.

Wie Sterne gehen ein paar Seerosen auf.
Bist du nicht geblendet von solch tonlosen Sirenen?
Dies ist die Stille erstaunter Seelen.

# Among the Narcissi

Spry, wry, and grey as these March sticks,
Percy bows, in his blue peajacket, among the narcissi.
He is recuperating from something on the lung.

The narcissi, too, are bowing to some big thing:
It rattles their stars on the green hill where Percy
Nurses the hardship of his stitches, and walks and walks.

There is a dignity to this; there is a formality –
The flowers vivid as bandages, and the man mending.
They bow and stand: they suffer such attacks!

And the octogenarian loves the little flocks.
He is quite blue; the terrible wind tries his breathing.
The narcissi look up like children, quickly and whitely.

# In den Narzissen

Grau wie diese Märzhölzer, kräftig und krumm,
Hat Percy sich in seinem blauen Caban in den Narzissen verneigt.
Er erholt sich von einer Sache an der Lunge.

Auch die Narzissen verneigen sich, große Dinge
Erschüttern ihre Sterne auf dem grünen Hügel, dort geht
Und geht Percy, hat mit den Beschwernissen seiner Stiche zu tun.

Es liegt eine Würde darin, eine Förmlichkeit –
Der Mann findet Heilung, die Blumen als Verbände, lebendige.
Sie erdulden solche Attacken, sie neigen sich und stehen wiederum!

Der Achtzigjährige liebt diese kleine Versammlung.
Er sieht fast blau aus; für seinen Atem ist der Wind eine Klinge.
Die Narzissen blicken wie Kinder auf, in weißer Raschheit.

# Pheasant

You said you would kill it this morning.
Do not kill it. It startles me still,
The jut of that odd, dark head, pacing

Through the uncut grass on the elm's hill.
It is something to own a pheasant,
Or just to be visited at all.

I am not mystical: it isn't
As if I thought it had a spirit.
It is simply in its element.

That gives it a kingliness, a right.
The print of its big foot last winter,
The tail-track, on the snow in our court –

The wonder of it, in that pallor,
Through crosshatch of sparrow and starling.
Is it its rareness, then? It is rare.

But a dozen would be worth having,
A hundred, on that hill – green and red,
Crossing and recrossing: a fine thing!

It is such a good shape, so vivid.
It's a little cornucopia.
It unclaps, brown as a leaf, and loud,

Settles in the elm, and is easy.
It was sunning in the narcissi.
I trespass stupidly. Let be, let be.

# Fasan

Du sagtest heute Morgen, du würdest ihn töten.
Töte ihn nicht. Es überrascht mich immer noch,
Wie der seltsame, dunkle Kopf aufragt, beim Schreiten

Durch das Gras auf dem Ulmenhügel, es steht hoch.
Das ist schon etwas, wenn man einen Fasan hat,
Oder überhaupt nur jemanden zu Besuch.

So ist es nicht, ich bin nicht mystisch veranlagt,
Dass ich dächte, er habe etwa einen Geist.
Er ist ganz einfach in seinem Element dort.

Das verleiht ihm etwas Königliches, ein Recht.
Der Abdruck seines großen Fußes im Winter,
Die Schwanzspur im Schnee auf unserem Gehöft –

In jener Bleichheit zieht es sich als ein Wunder
Durch die Kreuzschraffuren von Spatzen und Staren.
Also ist es seine Seltenheit? Selten ist er.

Aber man sollte ein Dutzend von ihnen haben,
Hundert gleich, auf jenem Hügel – in Grün und Rot,
Kreuzend und querend: wunderbar anzuschauen!

Er ist so lebendig in seiner schönen Gestalt.
Er ist einem kleinen Füllhorn zu vergleichen.
Er flattert knatternd auf, braun wie ein Blatt und laut,

Lässt sich in der Ulme nieder, ist zufrieden.
Er nahm ein Sonnenbad zwischen den Narzissen.
Ich dringe dümmlich ein. Lass sein, lass sein.

# Event

How the elements solidify! –
The moonlight, that chalk cliff
In whose rift we lie

Back to back. I hear an owl cry
From its cold indigo.
Intolerable vowels enter my heart.

The child in the white crib revolves and sighs,
Opens its mouth now, demanding.
His little face is carved in pained, red wood.

Then there are the stars – ineradicable, hard.
One touch: it burns and sickens.
I cannot see your eyes.

Where apple bloom ices the night
I walk in a ring,
A groove of old faults, deep and bitter.

Love cannot come here.
A black gap discloses itself.
On the opposite lip

A small white soul is waving, a small white maggot
My limbs, also, have left me.
Who has dismembered us?

The dark is melting. We touch like cripples.

# Vorfall

Wie die Elemente sich verfestigen! –
Das Mondlicht, dieser Kreidefelsen,
In dessen Spalte wir liegen,

Rücken an Rücken. Ich höre aus ihrem frostigen
Indigo eine Eule rufen.
Unerträgliche Vokale dringen mir ins Herz.

Das Kind im weißen Bettchen wälzt sich und seufzt,
Öffnet nun seinen Mund, fordernd.
Sein kleines Gesicht ist in schmerzerfülltes, rotes Holz geschnitzt.

Dann sind da noch die Sterne – unausrottbar, hart.
Eine Berührung: Sie brennt und macht krank.
Ich kann deine Augen nicht sehen.

Wo Apfelblüte die Nacht glasiert,
Gehe ich umher im Kreis,
In der Furche alter Fehler, tief und bitter.

Liebe kann nicht hierherfinden.
Eine schwarze Lücke offenbart sich.
Auf der Lippe gegenüber

Winkt eine kleine, weiße Seele, eine kleine, weiße Made.
Auch meine Glieder haben mich verlassen.
Wer hat uns verstümmelt?

Das Dunkel zerrinnt. Wir berühren uns wie Krüppel.

# Apprehensions

There is this white wall, above which the sky creates itself –
Infinite, green, utterly untouchable.
Angels swim in it, and the stars, in indifference also.
They are my medium.
The sun dissolves on this wall, bleeding its lights.

A grey wall now, clawed and bloody.
Is there no way out of the mind?
Steps at my back spiral into a well.
There are no trees or birds in this world,
There is only a sourness.

This red wall winces continually:
A red fist, opening and closing,
Two grey, papery bags –
This is what I am made of, this and a terror
Of being wheeled off under crosses and a rain of pietas.

On a black wall, unidentifiable birds
Swivel their heads and cry.
There is no talk of immortality among these!
Cold blanks approach us:
They move in a hurry.

# Vorahnungen

Da ist diese weiße Wand, über der der Himmel sich selbst erschafft –
Unendlich, grün, absolut unberührbar.
Engel schwimmen darin, und die Sterne, ebenso gleichgültig.
Sie sind mein Medium.
Die Sonne zerfließt an der Wand, blutet ihr Licht aus.

Eine graue Wand jetzt, zerkrallt und blutig.
Führt kein Weg aus dem Kopf heraus?
Stufen in meinem Rücken, eine Spirale in einen Brunnen hinab.
Es gibt keine Bäume oder Vögel in dieser Welt,
Es gibt nur eine Säuernis.

Die rote Wand zuckt unaufhörlich:
Eine rote Faust, sich öffnend und schließend,
Zwei graue, papierene Beutel –
Das ist es, woraus ich gemacht bin, dies und das Grauen,
Weggerollt zu werden unter Kreuzen und einem Regen aus Pietàs.

Auf einer schwarzen Wand schwenken unbestimmbare Vögel
Ihre Köpfe hin und her und kreischen.
Unter denen ist keine Rede von Unsterblichkeit!
Kalte Leerstellen nähern sich uns:
Sie haben es eilig.

# Words heard, by accident, over the phone

O mud, mud, how fluid! –
Thick as foreign coffee, and with a sluggy pulse.
Speak, speak! Who is it?
It is the bowel-pulse, lover of digestibles.
It is he who has achieved these syllables.

What are these words, these words?
They are plopping like mud.
O god, how shall I ever clean the phone table?
They are pressing out of the many-holed earpiece, they are looking
    for a listener.
Is he here?

Now the room is ahiss. The instrument
Withdraws its tentacle.
But the spawn percolate in my heart. They are fertile.
Muck funnel, muck funnel –
You are too big. They must take you back!

# Worte, zufällig durchs Telefon gehört

Oh Schlamm, Schlamm, wie ungreifbar! –
Dickflüssig wie Kaffee im Ausland, etwas, das schleppend pulsiert.
Sprich, sprich! Wer ist da?
Es ist der Puls der Eingeweide, der nach Verdaubarem giert.
Er ist es, der diese Silben gebiert.

Was sind das für Worte, für Worte?
Sie kleckern hervor wie Schlamm.
Gottverdammt, wie soll ich je diesen Telefontisch sauber bekommen?
Sie pressen sich durch die viellöchrige Hörmuschel, suchen
    nach einem Zuhörer.
Ist er hier?

Jetzt ist der Raum am Zischen. Der Apparat
Zieht sein Tentakel zurück.
Doch der Laich sickert mir ins Herz. Er trägt Früchte.
Dreckstrichter, Dreckstrichter –
Du bist zu groß. Du musst wieder weg!

# Burning the Letters

I made a fire; being tired
Of the white fists of old
Letters and their death rattle
When I came too close to the wastebasket.
What did they know that I didn't?
Grain by grain, they unrolled
Sands where a dream of clear water
Grinned like a getaway car.
I am not subtle
Love, love, and well, I was tired
Of cardboard cartons the color of cement or a dog pack
Holding in its hate
Dully, under a pack of men in red jackets,
And the eyes and times of the postmarks.

This fire may lick and fawn, but it is merciless:
A glass case
My fingers would enter although
They melt and sag, they are told
*Do not touch.*
And here is an end to the writing,
The spry hooks that bend and cringe, and the smiles, the smiles.
And at least it will be a good place now, the attic.
At least I won't be strung just under the surface,
Dumb fish
With one tin eye,
Watching for glints,
Riding my Arctic
Between this wish and that wish.

# Das Verbrennen der Briefe

Ich habe ein Feuer gemacht, hatte satt
Die weißen Fäuste alter
Briefe und ihr Todesrascheln,
Kam ich dem Papierkorb zu nah.
Was wussten sie, das ich nicht weiß?
Körnchen für Körnchen entfiel, entfaltet,
Ihnen Sand, wo ein Traum von klarem Wasser
Wie ein Fluchtwagen grinste.
Ich bin nicht feinsinnig,
Liebling, Liebling, und nun ja, ich hatte sie satt,
Die Pappkartons in der Farbe von Zement oder einer Hundemeute,
Die ihren Hass zurückhält
In Dumpfheit, unter einer Meute von Männern in roten Jacketts,
Und die Augen und Daten der Poststempel.


Dieses Feuer mag lecken und buckeln, doch es ist gnadenlos:
Eine Vitrine,
In die meine Finger dringen, obschon
Sie dabei schmelzen und einfallen, ihnen gesagt wird
*Nicht berühren.*
Und hier ist jetzt Schluss mit dem Schreiben,
Den agilen Häkchen, die sich verbiegen und ducken, und dem
     Gelächle, Gelächle.
Und wenigstens wird er ein guter Ort nun, der Dachboden.
Wenigstens werde ich nicht an der Schnur knapp unter der Oberfläche
     gezogen,
Dummer Fisch
Mit einem Blechauge,
Das nach Blinkendem späht,
Meine Arktis durchquerend
Zwischen diesem und jenem Wunsch.

So I poke at the carbon birds in my housedress.
They are more beautiful than my bodiless owl,
They console me –
Rising and flying, but blinded.
They would flutter off, black and glittering, they would be coal angels
Only they have nothing to say to anybody.
I have seen to that.
With the butt of a rake
I flake up papers that breathe like people,
I fan them out
Between the yellow lettuces and the German cabbage
Involved in its weird blue dreams,
Involved as a foetus.
And a name with black edges

Wilts at my foot,
Sinuous orchis
In a nest of root-hairs and boredom –
Pale eyes, patent-leather gutturals!
Warm rain greases my hair, extinguishes nothing.
My veins glow like trees.
The dogs are tearing a fox. This is what it is like –
A red burst and a cry
That splits from its ripped bag and does not stop
With the dead eye
And the stuffed expression, but goes on
Dyeing the air,
Telling the particles of the clouds, the leaves, the water
What immortality is. That it is immortal.

Also schüre ich die Kohlepapiervögel in meinem Hauskleid.
Sie sind schöner als meine körperlose Eule,
Sie trösten mich –
Wie sie aufstieben und fliegen, doch blind.
Sie möchten wohl wegflattern, schwarz und schimmernd, Kohleengel sein,
Bloß dass sie niemandem etwas zu sagen haben.
Dafür habe ich gesorgt.
Mit dem Stielende einer Harke
Lasse ich Papierflocken wirbeln, die wie Menschen atmen,
Ich fächere sie auf
Zwischen dem gelben Salat und dem Weißkohl,
Vertieft in seine seltsamen bläulichen Träume,
Vertieft wie ein Fötus.
Und ein schwarzgeränderter Name

Welkt zu meinen Füßen,
Schlängelnde Orchidee
In einem Nest aus Wurzelhaaren und Langeweile –
Helle Augen, Lackleder-Kehllaute!
Warmer Regen ölt mir das Haar, löscht nichts aus.
Meine Adern glühen wie Bäume.
Die Hunde zerreißen einen Fuchs. So ist es –
Ein rotes Bersten und ein Schrei,
Der aus seinem aufgeschlitzten Leibsack bricht und nicht aufhört
Mit dem toten Auge
Und dem ausgestopften Ausdruck, sondern anhält,
Die Luft färbt,
Die Teilchen der Wolken, der Blätter, des Wassers lehrt,
Was Unsterblichkeit ist. Dass er[13] unsterblich ist.

# For a Fatherless Son

You will be aware of an absence, presently,
Growing beside you, like a tree,
A death tree, colour gone, an Australian gum tree –
Balding, gelded by lightning – an illusion,
And a sky like a pig's backside, an utter lack of attention.

But right now you are dumb.
And I love your stupidity,
The blind mirror of it. I look in
And find no face but my own, and you think that's funny.
It is good for me

To have you grab my nose, a ladder rung.
One day you may touch what's wrong
The small skulls, the smashed blue hills, the godawful hush.
Till then your smiles are found money.

# Für einen vaterlosen Sohn

Du wirst ein Fehlen bemerken, in kurzer Zeit,
Das neben dir wie ein Baum gedeiht,
Ein Totenbaum, ein australischer Eukalyptus, erbleicht,
Verkahlend, kastriert vom Blitz – eine Einbildung,
Und ein Himmel wie das Hinterteil eines Schweins, ein völliger
      Mangel an Zuwendung.

Doch für den Moment bist du dumm.
Und ich liebe deine Einfältigkeit,
Ihren blinden Spiegel. Ich schaue hinein
Und finde kein Gesicht als mein eigenes, was einer wie du für lustig hält.
Es ist gut für mich, gefällt

Es dir, nach meiner Nase zu greifen, einer Leitersprosse.
Eines Tages magst du nach dem Falschen fassen,
Den kleinen Schädeln, zertrümmerten blauen Hügeln,
      dem gotterbärmlichen Schweigen.
Bis dahin ist dein Lächeln wie gefundenes Geld.

## The Swarm

Somebody is shooting at something in our town –
A dull pom, pom in the Sunday street.
Jealousy can open the blood,
It can make black roses.
Who are they shooting at?

It is you the knives are out for
At Waterloo, Waterloo, Napoleon,
The hump of Elba on your short back,
And the snow, marshalling its brilliant cutlery
Mass after mass, saying Shh!

Shh! These are chess people you play with,
Still figures of ivory.
The mud squirms with throats,
Stepping stones for French bootsoles.
The gilt and pink domes of Russia melt and float off

In the furnace of greed. Clouds, clouds.
So the swarm balls and deserts
Seventy feet up, in a black pine tree.
It must be shot down. Pom! Pom!
So dumb it thinks bullets are thunder.

It thinks they are the voice of God
Condoning the beak, the claw, the grin of the dog
Yellow-haunched, a pack-dog,
Grinning over its bone of ivory
Like the pack, the pack, like everybody.

The bees have got so far. Seventy feet high!
Russia, Poland and Germany!

# Der Schwarm

Irgendwer schießt auf etwas in unserer Stadt –
Ein dumpfes Bumm, Bumm auf der sonntäglichen Straße.
Eifersucht kann das Blut freilegen,
Sie kann schwarze Rosen hervorbringen.
Auf wen schießen sie?

Du bist es, für den die Messer gezückt sind
In Waterloo, Waterloo, Napoleon,
Mit dem Buckel von Elba auf deinem kurzen Rücken,
Und der Schnee, der sein blitzendes Besteck aufstellt,
Haufen für Haufen[14], sagt Schsch!

Schsch! Es sind Schachleute, mit denen du spielst,
Reglose Figuren aus Elfenbein.
Der Schlamm kräuselt sich vor Gurgeln,
Trittsteine für französische Stiefelsohlen.
Die goldenen und rosa Kuppeln Russlands vergehen, zerfließen

Im Schmelzofen der Gier. Wolken, Wolken.
So ballt sich der Schwarm und desertiert
Zwanzig Meter hoch in eine schwarze Kiefer.
Er muss heruntergeschossen werden. Bumm! Bumm!
So dumm, dass er glaubt, Kugeln wären Donner.[15]

Er glaubt, sie wären die Stimme Gottes,
Der den Schnabel, die Klaue gewähren lässt, das Grinsen des Hundes
Mit gelbem Hinterteil, eines Meutehundes,
Der über seinem Knochen aus Elfenbein grinst
Wie die Meute, die Meute, wie alle.

Die Bienen sind so weit gekommen. Zwanzig Meter hoch!
Russland, Polen und Deutschland!

The mild hills, the same old magenta
Fields shrunk to a penny
Spun into a river, the river crossed.

The bees argue, in their black ball,
A flying hedgehog, all prickles.
The man with grey hands stands under the honeycomb
Of their dream, the hived station
Where trains, faithful to their steel arcs,

Leave and arrive, and there is no end to the country.
Pom! Pom! They fall
Dismembered, to a tod of ivy.
So much for the charioteers, the outriders, the Grand Army!
A red tatter, Napoleon!

The last badge of victory.
The swarm is knocked into a cocked straw hat.
Elba, Elba, bleb on the sea!
The white busts of marshalls, admirals, generals
Worming themselves into niches.

How instructive this is!
The dumb, banded bodies
Walking the plank draped with Mother France's upholstery
Into a new mausoleum,
An ivory palace, a crotch pine.

The man with grey hands smiles –
The smile of a man of business, intensely practical.
They are not hands at all
But asbestos receptacles.
Pom! Pom! ›They would have killed *me*.‹

Die sanften Hügel, die guten alten Magenta-
Felder schrumpften zu einem Pfennig,
In einen Fluss geschnippt, der Fluss überquert.

Die Bienen disputieren, in ihrem schwarzen Ball,
Ein fliegender Igel, nichts als Stacheln.
Der Mann mit grauen Händen steht unter der Honigwabe
Ihrer Träume, dem bienenkorbgewordenen Bahnhof,
Wo Züge, ihren Stahlkurven treu,

Abfahren und ankommen und das Land kein Ende nimmt.
Bumm! Bumm! Sie fallen
Aufgelöst herab auf ein Efeugestrüpp.
So viel zu den Wagenlenkern, den Vorreitern, der Großen Armee!
Ein roter Fetzen, Napoleon!

Das letzte Abzeichen des Sieges.
Der Schwarm ist geschlagen, ganz klein nun mit Strohhut.[16]
Elba, Elba, Blase auf dem Meer!
Die weißen Büsten der Marschälle, Admiräle, Generäle
Verkriechen sich in Nischen.

Wie lehrreich das ist!
Wie die stummen Körper gebändert, verbündet,
Über die Planke gehen, drapiert mit Mutter Frankreichs Polsterstoff,
In ein neues Mausoleum,
Einen Elfenbeinpalast, eine Gabelkiefer.

Der Mann mit grauen Händen lächelt –
Das Lächeln eines Geschäftsmannes, durch und durch praktisch.
Das sind überhaupt keine Hände,
Sondern Asbestbehälter.
Bumm! Bumm! »Sie hätten *mich* getötet.«

Stings big as drawing pins!
It seems bees have a notion of honour,
A black intractable mind.
Napoleon is pleased, he is pleased with everything.
O Europe! O ton of honey!

Stacheln groß wie Reißzwecken!
Anscheinend haben Bienen ein Ehrgefühl,
Einen schwarzen widerspenstigen Geist.
Napoleon ist zufrieden, er ist zufrieden mit allem.[17]
Oh Europa! Oh Tonnen von Honig!

# Lyonnesse

No use whistling for Lyonnesse!
Sea-cold, sea-cold it certainly is.
Take a look at the white, high berg on his forehead –

There's where it sunk.
The blue, green,
Grey, indeterminate gilt

Sea of his eyes washing over it
And a round bubble
Popping upward from the mouths of bells

People and cows.
The Lyonians had always thought
Heaven would be something else,

But with the same faces,
The same places ...
It was not a shock –

The clear, green, quite breathable atmosphere,
Cold grits underfoot,
And the spidery water-dazzle on field and street.

It never occurred that they had been forgot,
That the big God
Had lazily closed one eye and let them slip

Over the English cliff and under so much history!
They did not see him smile,
Turn, like an animal,

# Lyonesse

Zwecklos jeder Wunsch nach Lyonesse!
So kalt, so kalt wie die See ist's gewiss.
Sieh nur den weißen, hohen Eisberg auf seiner[18] Stirn –

Dort versank es.
Das blaue, grüne,
Graue, unbestimmt goldene

Meer seiner[19] Augen spülte über es hinweg,
Und eine runde Blase
Stieg auf aus den Mündern von Glocken,

Menschen und Kühen.[20]
Zwar hatten sich die Lyonier gedacht,
Im Himmel würde es anders zugehen,

Doch mit Gesichtern altbekannt,
Dem gleichen Land …
Es war kein Schock –

Die klare, grüne, zum Atmen ganz passable Atmosphäre,
Kalter Kies unterm Fuß
Und das spinnenartige Wasserschillern auf Feld und Straße.

Es war niemals vorgekommen, dass sie vergessen wurden,
Dass der große Gott
Träge ein Auge schloss und sie abrutschen ließ

Über die englischen Klippen und unter so viel Geschichte!
Sie haben ihn nicht lächeln gesehen,
Sich gleich einem Tier umdrehen

In his cage of ether, his cage of stars.
He'd had so many wars!
The white gape of his mind was the real Tabula Rasa.

In seinem Käfig aus Äther, in seinem Sternenkäfig.

Er hatte so viele Kriege hinter sich!

Das weiße Klaffen seines Geistes war die wirkliche Tabula Rasa.

# By Candlelight

This is winter, this is night, small love –
A sort of black horsehair,
A rough, dumb country stuff
Steeled with the sheen
Of what green stars can make it to our gate.
I hold you on my arm.
It is very late.
The dull bells tongue the hour.
The mirror floats us at one candle power.

This is the fluid in which we meet each other,
This haloey radiance that seems to breathe
And lets our shadows wither
Only to blow
Them huge again, violent giants on the wall.
One match scratch makes you real.
At first the candle will not bloom at all –
It snuffs its bud
To almost nothing, to a dull blue dud.

I hold my breath until you creak to life,
Balled hedgehog,
Small and cross. The yellow knife
Grows tall. You clutch your bars.
My singing makes you roar.
I rock you like a boat
Across the Indian carpet, the cold floor,
While the brass man
Kneels, back bent, as best he can

Hefting his white pillar with the light
That keeps the sky at bay,

# Bei Kerzenschein

Das ist der Winter, das ist die Nacht, kleiner Liebling –
Eine Art schwarzes Pferdehaar,
Grobes Landzeug, ein dummes Ding,
Gestählt mit dem Glanz,
Der ein paar grüne Sterne bis an unser Tor kommen lässt.
Ich halte dich auf dem Arm.
Sehr spät ist es.
Die Glocken rufen lustlos die Stunde aus.
Wir treiben mit einer Kerzenstärke auf dem Spiegelfluss.

Dies ist das Medium, in dem wir einander begegnen,
Dieses glorienscheinende Strahlen, das atmet,
Lässt unsere Schatten vergehen,
Nur um sie wiederum
Riesenhaft aufzublasen, an den Wänden rabiate Giganten.
Ein Streichholz reißt dich in die Wirklichkeit.
Zuerst will die Kerze gar nicht aufflammen –
Sie stutzt die Knospe ihrer Blüte
Zu fast nichts herunter, einer mattblauen Niete.

Ich halte meinen Atem an, bis du dich quengelnd regst,
Zusammengerollter Igel,
Klein und mürrisch. Das gelbe Messer wächst,
Wird groß. Du umklammerst deine Stäbe.
Mein Singen lässt dich brüllen.
Wie ein Boot schaukle ich dich
Über die kalten Dielen, den indischen Teppich,
Während der Messingmann
Kniend, zurückgebeugt, so gut er kann

Seine weiße Säule mit dem Licht hochstemmt,
Das den Himmel auf Abstand hält,

The sack of black! It is everywhere, tight, tight!
He is yours, the little brassy Atlas –
Poor heirloom, all you have,
At his heels a pile of five brass cannonballs,
No child, no wife.
Five balls! Five bright brass balls!
To juggle with, my love, when the sky falls.

Den Sack voll Schwärze! Er ist überall, eng, eng!
Er gehört dir, der kleine messingne Atlas –
Dürftiges Erbstück, alles, was dir bleibt,
An seinen Fersen fünf Messing-Kanonenkugeln,
Kein Kind, kein Weib.
Fünf Kugeln! Fünf Messingkugeln, glänzend hell!
Um damit zu jonglieren, mein Liebling, wenn der Himmel herunterfällt.

# The Tour

O maiden aunt, you have come to call.
Do step into the hall!
With your bold
Gecko, the little flick!
All cogs, weird sparkle and every cog solid gold.
And I in slippers and housedress with no lipstick!

And you want to be shown about!
Yes, yes, this is my address.
Not a patch on *your* place, I guess, with the Javanese
Geese and the monkey trees.
It's a bit burnt-out,
A bit of a wild machine, a bit of a mess!

O I shouldn't put my finger in *that*
Auntie, it might bite!
That's my frost box, no cat,
Though it *looks* like a cat, with its fluffy stuff, pure white.
You should see the objects it makes!
Millions of needly glass cakes!

Fine for the migraine or the bellyache. And *this*
Is where I kept the furnace,
Each coal a hot cross-stitch – a *lovely* light!
It simply exploded one night,
It went up in smoke.
And that's why I have no hair, auntie, that's why I choke

Off and on, as if I just had to retch.
Coal gas is ghastly stuff.
Here's a spot I thought you'd love –
Morning Glory Pool!

# Der Rundgang

Oh, altes Mädchen, Tante, du bist vorbeigekommen.
So tritt doch ein, sei willkommen!
Mit deinem kecken
Gecko, dem kleinen Racker!
Lauter Zähnchen aus reinem Gold, dass es sonderbar blinkt.
Und ich in Latschen und Hauskleid und ungeschminkt!

Und du willst herumgeführt werden in allen Räumen!
Ja, genau, hier wohne ich.
Kein Vergleich, schätze ich, zu *deinem* Haus
Mit den javanischen Gänsen und den Affenbäumen.
Es sieht ein bisschen abgebrannt aus,
Hat was von einer wildgewordenen Maschine, ein bisschen schlampig!

Oh, Tantchen, man sollte seinen Finger
Nicht *da* reinstecken, es könnte beißen!
Das ist meine Kühltruhe, keine Katze,
Obwohl sie *aussieht* wie eine Katze, mit ihrem flauschigen, weißen
Zeug, du solltest sie sehen, diese Dinger,
Die sie produziert, Millionen nadliger Glasklötze!

Gut gegen Migräne oder Bauchschmerzen. Und *hier*
Hatte ich den Ofen stehen,
Jede Kohle ein heißer Kreuzstich – ein *entzückendes* Licht!
Bloß eines Nachts ist er explodiert,
Ich sah ihn in Rauch aufgehen.
Und deshalb, Tantchen, hab ich keine Haare, deshalb wird mir schlecht

Von Zeit zu Zeit, es ist, als müsste ich würgen.
Kohlengas ist ein grauenhafter Dreck.
Hier ist ein Plätzchen, das wirst du sicher mögen –
Morning Glory Pool![21]

The blue's a jewel.
It boils for forty hours at a stretch.

O I shouldn't dip my hankie in, it *hurts*!
Last summer, my God, last summer
It ate seven maids and a plumber
And returned them steamed and pressed and stiff as shirts.
I am bitter? I'm averse?
Here's your specs, dear, here's your purse.

Toddle on home to tea now in your flat hat.
It'll be *lemon* tea for me,
Lemon tea and earwig biscuits – creepy-creepy.
You'd not want that.
Toddle on home, before the weather's worse.
Toddle on home, and don't trip on the nurse! –

She may be bald, she may have no eyes,
But Auntie, she's awfully nice.
She's pink, she's a born midwife –
She can bring the dead to life
With her wiggly fingers and for a very small fee.
Well I *hope* you've enjoyed it, auntie!

Toddle on home to tea!

Das Blau ist ein Juwel.
Er kocht vierzig Stunden am Stück.

Oh, man sollte sein Taschentuch nicht eintauchen, das tut *weh*!
Letzten Sommer, mein Gott, letzten Sommer
Fraß er sieben Hausmädchen und einen Klempner
Und gab sie gedämpft und gemangelt zurück wie Hemden, so steif.
Ich bin bitter? Ich bin unreif?
Hier ist deine Brille, meine Liebe, hier ist dein Portemonnaie.

Trottel nach Hause zum Tee nun mit deinem platten Hut.
Bei mir wird's nur *Zitronen*tee sein,
Zitronentee und Ohrkneifer-Kekse – gruselig-gruselig.
Das wäre bestimmt nichts für dich.
Trottel nach Hause, noch ist das Wetter gut.
Trottel nach Hause, und stolpere nicht über das Kinderfräulein! –

Sie mag keine Augen haben und ihre Haare verloren,
Aber, Tantchen, schrecklich nett ist sie eben.
Sie ist rosa, sie ist zur Hebamme geboren –
Sie erweckt die Toten zum Leben
Mit ihren Schlängelfingern, und es kostet kaum was.
Nun, ich *hoffe* doch, Tantchen, du hattest Spaß!

Trottel zum Tee nach Haus!

# The Fearful

This man makes a pseudonym
And crawls behind it like a worm.

This woman on the telephone
Says she is a man, not a woman.

The mask increases, eats the worm,
Stripes for mouth and eyes and nose,

The voice of the woman hollows –
More and more like a dead one,

Worms in the glottal stops.
She hates

The thought of a baby –
Stealer of cells, stealer of beauty –

She would rather be dead than fat,
Dead and perfect, like Nefertit,

Hearing the fierce mask magnify
The silver limbo of each eye

Where the child can never swim,
Where there is only him and him.

# Die Furchtsamen

Dieser Mann erfindet ein Pseudonym
Und verkriecht sich dahinter wie ein Wurm.

Diese Frau am Telefon
Sagt, sie sei nicht Frau, sondern Mann.

Die Maske nimmt Formen an, frisst den Wurm,
Striche anstelle von Mund und Augen und Nase,

Die Stimme der Frau wird zur hohlen Blase –
Mehr und mehr wie die einer Toten,

Würmer im Glottislaut.
Sie verabscheut

Den Gedanken an ein Kind –
Das nur Zellen, das Schönheit wegnimmt –

Ginge lieber in den Tod als in die Breite,
Tot und vollkommen, wie Nofretete,

Hörte sie die Maske, die grelle,
Vergrößern die silberne Augen-Vorhölle,

Wo das Kind nie schwimmen kann,
Wo es ihn nur gibt und ihn.

# Mary's Song

The Sunday lamb cracks in its fat.
The fat
Sacrifices its opacity ....

A window, holy gold.
The fire makes it precious,
The same fire

Melting the tallow heretics,
Ousting the Jews.
Their thick palls float

Over the cicatrix of Poland, burnt-out
Germany.
They do not die.

Grey birds obsess my heart,
Mouth-ash, ash of eye.
They settle. On the high

Precipice
That emptied one man into space
The ovens glowed like heavens, incandescent.

It is a heart,
This holocaust I walk in,
O golden child the world will kill and eat.

## Marias Lied

Das Sonntagslamm brutzelt in seinem Fett.
Das Fett
Opfert seine Undurchsichtigkeit ....

Ein Fenster, heiliges Gold.
Das Feuer macht es kostbar,
Das gleiche Feuer,

Das die Talgketzer zusammenschrumpft,
Die Juden vertreibt.
Leichentuchgleich ziehen dicke Rauchschwaden[22]

Über die Narbe Polens, Deutschland
ausgebrannt.
Sie werden nicht vergehen.

Graue Vögel, die mein Herz verfolgen,
Mund-Asche, Asche von Augen,
Lassen sich nieder. Auf dem hohen

Steilhang,
Der einen Menschen ins All ausschüttete,
Glühten die Öfen wie Himmel weiß.

Es ist ein Herz,
Diese Vernichtung,[23] in der ich umhergehe,
Oh goldenes Kind, das die Welt töten wird und verzehren.

# Winter Trees

The wet dawn inks are doing their blue dissolve.
On their blotter of fog the trees
Seem a botanical drawing –
Memories growing, ring on ring,
A series of weddings.

Knowing neither abortions nor bitchery,
Truer than women,
They seed so effortlessly!
Tasting the winds, that are footless,
Waist-deep in history –

Full of wings, otherworldliness.
In this, they are Ledas.
O mother of leaves and sweetness
Who are these pietas?
The shadows of ringdoves chanting, but easing nothing.

# Winterbäume

Die feuchten Dämmerungstinten vollführen ihre blaue Überblendung.
Auf ihrem Nebellöschpapier scheinen die Bäume
Eine botanische Zeichnung –
Wachsende Erinnerungen, Ring um Ring,
Eine Folge von Vermählungen.

Kennen weder Fehlgeburten noch Zänkereien,
Treuer als Frauen,
Streuen sie Nachkommen aus, so einfach!
Erschmecken die Winde, die fußlos daherkommen,
Taillentief in Geschichte noch –

Voller Flügel, Anderweltlichkeit.
Darin sind sie Ledas.
Oh Mutter der Blätter und Köstlichkeit,
Wer sind diese Pietàs?
Gesänge der Schatten von Ringeltauben, doch keine Besänftigung.

# Brasilia

Will they occur,
These people with torsos of steel
Winged elbows and eyeholes

Awaiting masses
Of cloud to give them expression,
These super-people! –

And my baby a nail
Driven, driven in.
He shrieks in his grease

Bones nosing for distances.
And I, nearly extinct,
His three teeth cutting

Themselves on my thumb –
And the star,
The old story.

In the lane I meet sheep and wagons,
Red earth, motherly blood.
O You who eat

People like light rays, leave
This one
Mirror safe, unredeemed

By the dove's annihilation,
The glory
The power, the glory.

# Brasilia

Werden sie kommen,
Diese Menschen mit Rümpfen aus Stahl
Geflügelten Ellenbogen und Augenhöhlen

Massen an Wolken
Erwartend, die ihnen Ausdruck verleihen,
Diese Übermenschen! –

Und mein Baby ein Nagel,
Hinein-, hineingeschlagen.
Er schreit auf in seiner Schmiere,

Knochen streben nach Fernen.
Und ich, fast erloschen,
Mit den Einschnitten seiner drei

Zähne auf meinem Daumen –
Und der Stern,
Die alte Geschichte.

Auf dem Pfad begegnen mir Schafe und Wagen,
Rote Erde, mütterliches Blut.
Oh Ihr, die Ihr verzehrt

Menschen wie Lichtstrahlen, lasst
Diesen einen
Spiegel unversehrt, unerlöst

Durch der Taube Austilgung,
Die Herrlichkeit,
Die Kraft, die Herrlichkeit.

# Childless Woman

The womb
Rattles its pod, the moon
Discharges itself from the tree with nowhere to go.

My landscape is a hand with no lines,
The roads bunched to a knot,
The knot myself,

Myself the rose you achieve –
This body,
This ivory

Ungodly as a child's shriek.
Spiderlike, I spin mirrors,
Loyal to my image,

Uttering nothing but blood –
Taste it, dark red!
And my forest

My funeral,
And this hill and this
Gleaming with the mouths of corpses.

# Kinderlose Frau

Der Schoß
Rasselt wie eine Hohlfrucht, der Mond
Nimmt seinen Abschied vom Baum, ohne zu wissen, wohin.

Meine Landschaft ist eine Hand ohne Linien,
Die Wege zu einem Knoten verknäult,
Der Knoten ich selbst,

Mein Selbst die Rose, die du erringst –
Dieser Leib,
Dieses Elfenbein,

Gottlos wie der Schrei eines Kindes.
Spinnengleich webe ich Spiegel,
Meinem Bilde treu,

Die nichts hervorbringen als Blut –
Koste es, dunkles Rot!
Und mein Wald

Mein Begräbnis,
Und dieser Hügel und dieser
Im Schimmern der Leichenmünder.

# Eavesdropper

Your brother will trim my hedges!
They darken your house,
Nosy grower,
Mole on my shoulder,
To be scratched absently,
To bleed, if it comes to that.
The stain of the tropics
Still urinous on you, a sin.
A kind of bush-stink.

You may be local,
But that yellow!
Godawful!
Your body one
Long nicotine-finger
On which I,
White cigarette,
Burn, for your inhalation,
Driving the dull cells wild,

Let me roost in you!
My distractions, my pallors.
Let them start the queer alchemy
That melts the skin
Gray tallow, from bone and bone.
So I saw your much sicker
Predecessor wrapped up,
A six and a half foot wedding-cake.
And he was not even malicious.

Do not think I don't notice your curtain –
Midnight, four o'clock,

# Schnüfflerin

Dein Bruder wird meine Hecken schneiden!
Sie verdunkeln dein Haus,
Neugierige Bäuerin,
Mal auf meiner Schulter,
An dem man abwesend kratzt,
Bis es blutet, wenn's sein muss.
Die Verfärbung der Tropen
Immer noch wie Urin an dir, eine Sünde.
Eine Art Buschgestank.

Du magst ja von hier sein,
Aber dieses Gelb!
Abscheulich!
Dein Körper ein einziger
Langer Nikotinfinger,
An dem ich,
Weiße Zigarette,
Brenne, dass du mich inhalieren kannst,
Ich die schlaffen Zellen in Wallung bringe.

Lass mich in dir rasten!
Meine Zerstreutheiten, meine Blässen.
Lass sie die wunderliche Alchemie in Gang setzen,
Die die Haut abschmilzt
Zu grauem Talg, Knochen für Knochen.
So sah ich auch deinen viel kränkeren
Vorgänger eingemummt,
Eine ein Meter neunzig große Hochzeitstorte.
Und er war noch nicht mal böswillig.

Glaub nicht, dass ich deine Gardine nicht wahrnehme –
Mitternacht, vier Uhr,

Lit (you are reading),
Tarting with the drafts that pass,
Little whore tongue,
Chenille beckoner,
Beckoning my words in –
The zoo yowl, the mad soft
Mirror talk you love to catch me at.

How you jumped when I jumped on *you*!
Arms folded, ear cocked,
Toad-yellow under the drop
That would not, would not drop
In a desert of cow people
Trundling their udders home
To the electric milker, the wifey, the big blue eye
That watches, like God, or the sky
The ciphers that watch it.

I called.
You crawled out,
A weather figure, boggling,
Belge troll, the low
Church smile
Spreading itself, like butter.
This is what I am in for –
Flea body!
Eyes like mice

Flicking over my property,
Levering letter flaps,
Scrutinizing the fly
Of the man's pants
Dead on the chair back,

Im Lampenschein (du liest),
Sich auftakelnd mit dem Luftzug,
Kleine Hurenzunge,
Chenille-Winkerin,
Die meine Worte hereinwinkt –
Das Zoo-Geheul, das verrückte leise
Spiegelgespräch, bei dem du mich so gerne erwischst.

Wie du zusammenfuhrst, als ich *dich* anfuhr!
Arme verschränkt, Ohren gespitzt,
Krötengelb unter dem Tropfen,
Der nicht, der nicht tropfen will
In einer Wüste von Kuhmenschen,
Die ihre Euter nach Hause schaukeln
Zur elektrischen Melkmaschine, dem Frauchen, dem großen blauen Auge,
Das auf alles schaut, wie Gott, oder der Himmel
Auf die Nullen, die zu ihm aufschauen.

Ich rief.
Du krochst hervor,
Eine Wetterfigur, zurückscheuend,
[Belge]24 Troll, das matte
Kirchenlächeln,
Das sich wie Butter verschmiert.
Und das steht auch mir bevor –
Flohbeutel!
Augen wie Mäuse,

Die über mein Hab und Gut huschen,
Brieflaschen lüpfen,
Die Fliege der Herrenhose,
Tot über der Stuhllehne, inspizieren,
Das breite Lächeln, die Augen

Opening the fat smiles, the eyes
Of two babies
Just to make sure –
Toad-stone! Sister-bitch! Sweet neighbor!

Zweier Kleinkinder öffnen,
Nur um sicherzugehen –
Krötenstein![25] Schwester-Schlampe! Liebe Nachbarin!

1963

# Child

Your clear eye is the one absolutely beautiful thing.
I want to fill it with colour and ducks,
The zoo of the new

Whose names you meditate –
April snowdrop, Indian pipe,
Little

Stalk without wrinkle,
Pool in which images
Should be grand and classical

Not this troublous
Wringing of hands, this dark
Ceiling without a star.

# Kind

Dein klares Auge ist das einzig vollkommen Schöne.
Ich möchte es mit Farben füllen und Enten,
Dem Zoo des Neuen,

Über dessen Namen du nachsinnst –
April-Schneeglöckchen,[26] Indianerpfeife,[27]
Kleiner

Halm ohne Knitterfalte,
Teich, in dem Bilder
Groß und klassisch sein sollten,

Nicht dieses bange
Ringen von Händen, diese dunkle
Zimmerdecke ohne Stern.

# Gigolo

Pocket watch, I tick well.
The streets are lizardy crevices
Sheer-sided, with holes where to hide.
It is best to meet in a cul-de-sac,

A palace of velvet
With windows of mirrors.
There one is safe,
There are no family photographs,

No rings through the nose, no cries
Bright fish hooks, the smiles of women
Gulp at my bulk
And I, in my snazzy blacks,

Mill a litter of breasts like jellyfish.
To nourish
The cellos of moans I eat eggs –
Eggs and fish, the essentials,

The aphrodisiac squid.
My mouth sags,
The mouth of Christ
When my engine reaches the end of it.

The tattle of my
Gold joints, my way of turning
Bitches to ripples of silver
Rolls out a carpet, a hush.

And there is no end, no end of it.
I shall never grow old. New oysters

# Gigolo

Taschenuhr, ich laufe gut.
Die Straßen sind Eidechsenspalten,
Steilwandig, mit Löchern, um sich zu verstecken.
Am besten trifft man sich in einer Sackgasse,

Einem Palast aus Samt,
Mit Fenstern aus Spiegeln.
Dort ist man sicher,
Dort gibt es keine Familienfotos,

Keine Ringe, durch die Nase gezogen, kein Geschrei.
Glänzende Angelhaken, das Lächeln von Frauen
Schluckt an meiner Stattlichkeit,
Und ich, in meinem todschicken Schwarz,

Walke ein Durcheinander von Brüsten wie Quallen.
Um das Cello-Gestöhne
Zu nähren, esse ich Eier –
Eier und Fisch, die Hauptsachen,

Den aphrodisierenden Kalmar.
Mein Mund sackt ab,
Der Mund von Christus,
Wenn meine Maschine zum Ende kommt.

Das Geschwätz meiner
Goldgelenke, meine Art,
Zicken in kräuselnde Silberwellen zu verwandeln,
Rollt einen Teppich aus, ein Sch-sch.

Und es nimmt kein Ende, kein Ende.
Ich werde niemals alt. Neue Austern

Shriek in the sea and I
Glitter like Fontainebleau

Gratified,
All the fall of water an eye
Over whose pool I tenderly
Lean and see me.

Jauchzen im Meer, und ich
Glitzere wie Fontainebleau,

Befriedigt,
All das Fallen von Wasser ein Auge,
Über dessen Becken ich zärtlich
lehne, blickend auf mich.

# Mystic

The air is a mill of hooks –
Questions without answer,
Glittering and drunk as flies
Whose kiss stings unbearably
In the fetid wombs of black air under pines in summer.

I remember
The dead smell of sun on wood cabins,
The stiffness of sails, the long salt winding sheets.
Once one has seen God, what is the remedy?
Once one has been seized up

Without a part left over,
Not a toe, not a finger, and used,
Used utterly, in the sun's conflagrations, the stains
That lengthen from ancient cathedrals
What is the remedy?

The pill of the Communion tablet,
The walking beside still water? Memory?
Or picking up the bright pieces
Of Christ in the faces of rodents,
The tame flower-nibblers, the ones

Whose hopes are so low they are comfortable –
The humpback in her small, washed cottage
Under the spokes of the clematis.
Is there no great love, only tenderness?
Does the sea

Remember the walker upon it?
Meaning leaks from the molecules.

# Unerklärlich

Die Luft ist eine Mühle aus Haken –
Fragen ohne Antworten,
Schimmernd und trunken wie Fliegen,
Deren Kuss unerträglich sticht
In den übelriechenden Schößen schwarzer Luft unter Kiefern im Sommer.

Ich erinnere mich
An den toten Geruch von Holzhütten in der Sonne,
Die Steifigkeit von Segeln, die langen salzigen Leichentücher.
Hat man erst einmal Gott geschaut, was ist das Gegenmittel?
Ist man erst einmal lahmgelegt,

Ohne dass etwas übrig blieb,
Kein Zeh, kein Finger, und verschlissen,
Völlig verschlissen, in den Feuersbrünsten der Sonne, den Farbflecken,
Die alte Kathedralen werfen,
Was ist das Gegenmittel?

Die Pille vom Abendmahlstablett,
Das Wandeln an stillen Gewässern? Erinnerung?
Oder das Sammeln leuchtender Bruchstücke
Von Christus in den Gesichtern von Nagetieren,
Der zahmen Blumen-Knabberer, derjenigen,

Deren Hoffnungen so gering sind, dass sie behaglich wirken –
Der Buckligen in ihrem kleinen, getünchten Häuschen
Unter den Ranksprossen der Clematis.
Gibt es keine große Liebe, nur Zärtlichkeit?
Erinnert sich das Meer

An den, der auf ihm wandelte?
Bedeutung entweicht aus den Molekülen.

The chimneys of the city breathe, the window sweats,
The children leap in their cots.
The sun blooms, it is a geranium.

The heart has not stopped.

Die Schornsteine der Stadt atmen, das Fenster schwitzt,
Die Kinder hüpfen in ihren Gitterbettchen.
Die Sonne blüht, sie ist eine Geranie.

Das Herz steht nicht still.

# An der Stelle eines Nachworts
## *Stalling in midair*

Die Kürze des Lebens der Sylvia Plath, mehr noch ihr Tod, dessen Attribuierung in jeder Hinsicht Anmaßung voraussetzte, eine Entscheidung darüber, wem oder was da ein Ende gesetzt werden sollte, sie scheinen mir ein zu besetzter Ausgangspunkt für den vorliegenden Gedichten nachgeordnete Worte. Auf dem Vereinnahmungen, Betroffenheiten, romantisierende Theorien wimmeln wie *white mice / Multiplied to infinity like angels on a pinhead*, die aus dem Dunkel und der Stickigkeit des Gedichts wörtlich in die andere Sprache gehuschten *weißen Mäuse* also, *sich ins Unendliche* vermehrend *wie Engel auf einem Stecknadelkopf*. Verkehrspolizisten letztlich, die mit abgehackten Bewegungen, Richtungsweisungen das Steh-und-Geh durchs Werk, durch die Gedichte bestimmen, die Fahrt ins stets doch Ungewisse, aus dem, wie es an ganz anderer Stelle, aber verwandten Geistes heißt, die Poesie entsteht.

Man kann jedoch sehr wohl und man muss wohl auch diese Gedichte, wie schon die früheren, mit noch gebotenerer Vehemenz, wie mir scheint, biographisch, autobiographisch, aus dem Leben und dem aus ihm geborenen Schreiben lesen. Alles andere wäre die postmoderne Augenwischerei vom Verschwinden der Autorin hinter ihrem Werk, wobei sich noch die Frage stellt, wie das zugehen sollte, es wäre ja nur ein Verstecken, vielmehr Verstecktwerden. Einen Abriss aber ihrer Lebensgeschichte soll es an dieser Nach-Stelle, nachstellend in jeder Hinsicht, nicht geben. Die Quellen- und Informationslage dünkt mich ausreichend und es muss nicht alles doppelt breitgetreten werden, der Interessent und geneigte Leser, grammatisch gesprochen, wird alles Nötige finden.

Es ist anzunehmen, dass Sylvia Plath, wenn sie ihre Gedichte zeigte, vorlas, nie gefragt wurde: Ist das alles autobiographisch? Auch heute wird das bei Lyriklesungen nicht gefragt, im Gegensatz zu solchen von Romanen. Das ist merkwürdig genug, denn die Wahrscheinlichkeit einer rundheraus bejahenden Antwort wäre in vielen Fällen sicher ungleich größer, allein schon, weil das Gedicht an sich einen Schutz-schirm aufspannt, der vor allzu großen Zudringlichkeiten bewahrt, einen Schirm aus Sprache in ihrer unabgenutzten, deshalb ungewohn-ten, leicht unbehaglichen Form, etwas die durchdringende Nässe wässriger Klatschmäuler Abweisendes und auch auf die wohlwollend Interessierten und Verständigen mit der Spitze als eine Art Blitzablei-ter gerichtet. Dieser Schirm aber, und sei er nur aus Gaze, scheint um-gekehrt jedoch auch das Nachfragen von vornherein zu verhindern, als verböte es sich in der Art noli me tangere, Gedichte als ein mimo-senhaftes Rühr-mich-nicht-an gar, anhängig die verbreitete Angst vor dem »Zerpflücken«, der profunden Rückscheu vorm Hinsehen. Als handele es sich um etwas so Fragiles wie Schaumkrönchen des gelebten Lebens oder, im schwärzeren Fall, Schopftintlinge, der Auflösung stets näher als der Verdaulichkeit, und nicht um das Haltbarste über-haupt: wahre und wahrhaftige Literatur. Gedichte als in ihrer *Poesie* […] *das echt absolut Reelle*, wie es schon Novalis in seinen *Fragmen-ten* klarstellte. Fragment bleibt das Leben, wie lang es auch ist, und al-les in ihm und was daraus gemacht wird. Das spricht aber nicht gegen die Versuche, Leben in Literatur zu fassen und es so gut, so vollendet wie möglich machen zu wollen, denn diese Bewegung haben sie mit dem Leben selbst, seinem Erleben und Gestalten gemein, und es wäre gewissermaßen sinnlos, selbst wenn es gelänge, etwas Vollkommenes zu schaffen, hätte es doch jede Verbindung zu den losen Enden des Le-bens gekappt, um genau derentwillen man seiner, des Gedichts, jedoch bedarf. *Was bleibet aber, stiften die Dichter* zuallererst sich selbst. Und so könnten die Gedichte, mit und von denen die Dichterin lebt, wie die *Pilze*, um noch einmal bei ihnen zu bleiben, aus dem gleichnami-gen Gedicht des Debütbandes *Der Koloss*, sagen: *Wir sind Borde, wir sind / Tische* […] */ Wir sind essbar,* […] */ Wir werden am Morgen / Das Erdreich besitzen.*[28] Und dieses besitzen nach meinem Dafürhal-ten auch jene der hier versammelten Gedichte, die kein Durcharbeiten im gleichen Maße wie andere erfuhren, wie die berühmteren des *Ariel*-Bandes und die anderer posthumer Zusammenstellungen, die losen, die aus unterschiedlichen Gründen oder grundlos übriggebliebenen, selbst die, zu denen es in den Anmerkungen zu den von Ted Hughes herausgegebenen *Collected Poems*[29] heißt: *This poem must be regarded as unfinished*, oder: *No final copy was made*, die Rümpfe und Stümpfe also geblieben sind, liegen gelassen für später vielleicht, nicht aufbereitet für die Nachwelt. Trotzdem besser als nichts, als das Nichts.

Sylvia Plaths Werk, ihre Gedichte, auch die hier so genannten »späten« aus der Zeit von 1960 bis 1963, lassen sich nicht vom Tode aus lesen, begreifen, erklären, denn als sie sie schrieb, war sie nicht tot. Ich sage das nur zur Sicherheit. Und, wenigstens im Moment des Schreibens, wollte sie es auch nicht sein. Ich meine, so viel darf behauptet werden. Wer Bilder findet, noch für das Dunkelste, wer über Formulierungen für möglicherweise Unsagbares nachdenkt und sie zu Wege bringt, wer gar mit Erwägung und gelingender Ausführung von Versform, Silbenzahl, End- und Binnenreim befasst ist, wünscht aller Wahrscheinlichkeit nach nicht gleichzeitig in einem Zustand zu sein, in dem er, sie das nicht könnte. Selbst wenn das Schreiben zur einzigen Zuflucht geworden sein sollte, es liegt immer noch ein Gestaltungswille darin, der, weil Schreiben schließlich auch Leben ist, einen Willen zur Gestaltung des Lebens in eigentlich radikalster Form darstellt, nämlich einen zur Transformation, etwas Metamorphotischem, was bedeutet, dass erst einmal etwas da ist, das umgewandelt werden kann und diese Um- oder Verwandlung wert und auch ein Grund für diese selbst vorhanden ist, und sei es ein negativer – heraus kommt etwas Positives im Sinne von etwas vorher nicht Dagewesenem, was auf jedes einzelne Gedicht in besonderer Form zutrifft, und für einen wie auch immer gearteten Lebenszweck Geschaffenem.

Insofern stellt sich angesichts des Untertitels dieses Bandes auch die Frage: Was ist »spät«? Das Adjektiv könnte noch angehen bei bibliographischer Betrachtung, handelt es sich schließlich um Texte, deren Entstehung in eine schon von Ted Hughes in seinem Vorwort zu den *Collected Poems* so genannte *third and final phase*, dritte und letzte Periode von Plaths Schaffen fällt, nach der zweiten, deren Beginn mit 1956 bezeichnet wird und deren Gedichte in ihrer eigenen Auswahl in den Debütband *The Colossus* eingingen, und einer vorhergehenden, noch als jugendlich klassifizierten. Nur sind es eben Portionierungen des Nachhineins, noch dazu in einem Eins-zwei-drei, der Zahlenfolge der Vollständigkeit, und *final phase* bekommt einen Beiklang von abgeleisteter Etappe und Zielgeraden. Die aus Plaths Sicht bei allem Bewusstsein um ihren kritischen Zustand von der Seite des zwar endlichen, doch stets unvorhersehbaren Lebens aus sicher nicht als solche gedacht war. So wird diesen praktischen Einordnungen etwas anachronistisch Beschließendes eigen und damit unversehens doch Paternalistisches. Der Titel des Bandes, letzte Zeile des letzten (nicht aber im Leben letzten) Gedichts, setzt hier zum Glück eine Korrektur.

Der Eindruck des Späten rührt unweigerlich auch daher, dass sämtliche nach dem *Koloss* entstandenen Gedichte erst posthum publiziert wurden – wenn überhaupt. In Zusammenstellungen, die jemand anderes vornahm, in erster Linie Plaths Ehemann Ted Hughes, der er, weil es zu keiner Scheidung kam, auch nach der Trennung 1962 offiziell blieb und damit Erbe des Nachlasses. Er sorgte zunächst für die Veröffentlichung des *Ariel*-Bandes 1965, für den Plath die Gedichte noch selbst ausgewählt und in eine ihr sinnvoll erscheinende Reihenfolge gebracht hatte, eine Festlegung, der sich Hughes offensichtlich nicht verpflichtet fühlte, indem er *some of the more personally aggressive poems*[30] ausließ (und dafür andere hinzufügte), Gedichte also, die ihm aus naheliegenden, deshalb aber noch nicht legitimeren Gründen im Sinne einer Werktreue zu privat, rabiat, d. h. wohl zu autobiographisch, ihn selbst zu sehr mitbetreffend erschienen. Erst 2004, sechs Jahre nach seinem eigenen Tod, konnte die ursprüngliche Fassung schließlich auch öffentlich Gestalt annehmen.

Dem *Ariel*-Band waren 1971 die ebenfalls von Hughes vorgenommenen Zusammenstellungen *Crossing the Water* und *Winter Trees* gefolgt mit Gedichten, die weitgehend parallel zu denen in *Ariel* entstanden waren, jedoch lose und nur vereinzelt veröffentlicht und, im Gegensatz zu *Ariel*, bisher kaum oder gar nicht in deutscher Fassung vorlagen. Sie sind Grundlage der vorliegenden (Neu-)Übersetzung, zusammen mit sieben bisher in keiner Kollektion berücksichtigten Texten, teils unfertig, wie das augenscheinlich abgebrochene *New Year on Dartmoor*, teils die mit einem Gefühl perpetuierten Unrechts-aus-Verschweigen verbundene, sich schon selbst beantwortende Frage aufwerfend, warum ausgerechnet sie in ihrer bildlichen Intensität stets unter den Teppich gekehrt wurden: *Words heard, by accident, over the phone* oder *Burning the Letters*.

Aus denen ein später Zustand einer Liebe sprechen mag. Doch kein später Lebenszustand. Die letzten drei Jahre eines dreißigjährigen Lebens – sind sie überhaupt »spät« zu nennen? Ein Alterswerk ist es ja nicht, was in ihnen Schrift und Zeugnis eines poetischen, und das heißt gerade nicht weltfremden, sondern dem Geschehen um ihn herum in einer Fähigkeitenausschöpfung aller Sinne zugewandten Geistes wurde. Höchstens ließe sich feststellen, dass die Blickspanne weiter bemessen, die Perspektive verlagert wurde in Sachen Frauenleben. Im *Colossus* ist es noch der Blick der knapp über Zwanzigjährigen, die spezifische Furcht des kaum begonnenen, noch auf wenig zurückblickenden Erwachsenendaseins vor dem Verpassen der Jugend, dem Verstreichenlassen von Zeit und Möglichkeit und dem diesem Versagen, Verzagen auf dem Fuße folgenden traurigen Dämmerzustand in Gedichten wie *Alte Jungfer* und *Zwei Schwestern der Persephone*, von denen die eine *Mit brachem Fleisch grabwärts* geht, *Wurmvermählt, doch kein Weib*. Sie wird in den hier vorliegenden späteren Gedichten abgelöst von einer Abschiedsgeste, einer Verwunderung bestenfalls über das schon gekommene Ende der Jugend in *Die Babysitterinnen*, dem letzten Gedicht aus dem Jahr 1961, voll von im Nachhinein glücklichen Erinnerungen an eine Zeit voller Gängelung, weil womöglich, was danach kam, äußerlich, innerlich, noch einengender war. Und dem Schrecken über das nicht recht gelebte, in eine Schleife des Stillstands und der Entleertheit geratene, abnehmende Leben begegnet man in anderer Gestalt, als Frauen unterschiedlich fortgeschrittenen Alters, als Zukunftsvisionen mithin bis zur *Witwe*, Imaginationen des vielleicht als unausweichlich Empfundenen eingedenk der Rollen, die Plaths Zeit, doch nicht nur ihre, für ältere Personen weiblichen Geschlechts vorsah – vielleicht auch als eine Art vorgedanklichen Abwehrzaubers, Bannung durch Benennung, einen Blick in den *Spiegel*, der konstatiert: *In mir hat sie ein junges Mädchen ertränkt, und eine alte Frau / Steigt in mir Tag für Tag zu ihr auf, wie ein schrecklicher Fisch.* Vorweggenommene Nostalgie (*In zwanzig Jahren werde ich auf dem Rückzug sein / Wie diese flattrigen Eintagsfliegen*, die ohnehin schon eine Atmosphäre der Vergangenheit verbreitenden *Kerzen*) wechselt mit autoaggressiver Groteske (*die Halslappen-Lady,* / [...] *Altes Sockengesicht, auf einem Stopfpilz erschlafft*), und in *Schnüfflerin,* dem bitterbös-mitleidigen Porträt der ältlichen, einsamen, neugierigen Nachbarin, heißt es deutlich: *Und das steht auch mir bevor.*

Ansonsten aber ist ein Wandel der Themen, eine Hinwendung zu vermeintlich »Spätem« nicht auszumachen, eine Zunahme des Dunklen bis Düsteren, Morbiden, Ausweglosen, es war vielmehr von Anfang an Bestandteil und Hintergrund von Plaths Lyrik und bestimmte, damit assoziierte Motive tauchen schon im *Koloss* vielfach auf, ebenso wie andere Themen, um die ihre Gedichte stets aufs Neue kreisen, wenn auch in Spiralen. Man könnte geradezu Gedichtpaare bilden aus den mit der jung-frischen Anmutung des Debüts versehenen früheren und diesen des so genannten, noch dazu nachgereichten »Spätwerks« und es ließe sich ohne ausgewiesene Zuordnung zu dem einen oder dem anderen oft schwerlich sagen, in welche Schaffenszeit es wohl gehöre. Die Viecher aus dem Bestiarium des *Gedichts für einen Geburtstag* von 1959 sind, vor allem in ihrer Aura des Kreatürlich-Fremden bis Abstoßenden, denen verwandt, mit denen sich *Die Frau des Zoowärters* 1961 allnächtlich herumschlägt; zudem wirkt eigentlich letzteres Gedicht wie der mehr noch den Realien verhaftete Vorläufer des ersteren mit seinen fast Brueghel'schen Mischwesen einer Innenwelt.

Der flämische Renaissancemaler wird namentlich erwähnt in dem *Koloss*-Gedicht *Zwei Ansichten eines Leichenraums*, das ausgehend von einer Sektionsszenerie in der Pathologie ein Detail des berühmten apokalyptischen Gemäldes *Der Triumph des Todes* (1562) in den Blick nimmt: die beiden musizierenden Liebenden in der rechten unteren Ecke, denen über ihren Köpfen bereits der Tod aufspielt. Damit sind die beiden wesentlichen Themenkomplexe Plath'schen Schreibens gesetzt: das physische Leben in seiner Hinfälligkeit, die Liebe in ihrer Illusionsbehaftetheit und letztlich ebensolcher Vergänglichkeit. Sämtliche, besonders auch im vorliegenden Band zu findende Krankenhaus-Gedichte schließen, als eine Vorstufe, hier an, und was in den Operationssälen und Krankenbetten vor sich geht, scheint furchterregender als der Tod selbst, der als Vision so versöhnlich-floral daherkommen kann wie in *Ich bin senkrecht* und dem in *Letzte Worte* eher lapidar ins Auge geblickt wird, mit Überlegenheit den Lebenden, den noch nicht einmal Geborenen gegenüber und keineswegs unter Hergabe alles Materiellen: *Ich will keine einfache Kiste, ich will einen Sarkophag / Mit Tigerstreifen und aufgemaltem Gesicht / [...] um heraufzustarren.* Dieser Text wiederum wirkt wie eine ins Persönliche gewendete Variante eines früheren, *All die lieben Toten*, der mit dem Anblick einer *antike[n] Museumsdame* anhebt, *auf ihrem Rücken* liegend *[m]it einem Granitgrinsen und steif wie ein Schürhaken.* Auch taucht die Sarkophag-Phantasie noch ein zweites Mal auf, als starre Hülle bei *In Gips*, wieder mit aufgemaltem Gesicht.

Der Wunsch zu sehen, überlebt das Ableben, aus dem heraus das Ich das weitere Zusehen nicht scheut. Licht und Dunkel, optische Phänomene aller Art ziehen sich durch sämtliche Gedichte wie auch der Akt des Blickens selbst und sein Organ, das Auge, exemplarisch zu beobachten in dem lange der Sichtbarkeit entzogenen Gedicht *Das Verbrennen der Briefe* mit den *Augen [...] der Poststempel*, dem *Fisch / Mit einem Blechauge, / Das nach Blinkendem späht*, den *[h]elle[n] Augen* der Rivalin, dem *toten Auge* schließlich und bis in die englische Wendung *I've seen to that* hinein, *[d]afür habe ich gesorgt*, wörtlicher denkbar als: ›ich habe zugesehen, dass …‹. So wird auch in Liebesdingen, gerade dort, schmerzhaft genau hingeschaut, mitunter werden wohl auch Dinge gesehen, die nicht da sind – oder noch nicht, oder nicht sichtbar werden sollen, und die Eifersucht spricht in den Grenzbereichen der Wahrnehmung. Ein inneres Sehen, das selbst Gehörtes unvergesslich visualisiert wie den *Schlamm* der *zufällig durchs Telefon gehört[en]* Worte, der sich durch die Löcher der Hörmuschel presst, alles verdreckt. Dem voraus geht das Endspiel der Liebe als nächtlicher, stummer *Vorfall*: *Ich kann deine Augen nicht sehen.* / [...] *Wir berühren uns wie Krüppel.*

Noch die Landschaften, durch die das Ich sich bewegt, gemahnen an die Versehrtheit, den Zerfall, die ständige Bedrohtheit des Lebens als *[s]chwarz / Mahnende Klippen, und das Meer explodiert / Ohne Boden* und die *Nebel* [...] / [...] *stopfen* [...] *den Mund mit Baumwolle.* Der ausgedörrte Gegensatz, *[d]ie Wüste*, bietet ebenfalls keine Zuflucht, *ist weiß wie das Auge eines Blinden,* / [...] *Wir verschmachten wie Feuerböcke im Wind.* Feuer und Wasser, Elemente auch des Legendenhaften, Allegorisch-Historischen, die ebenso eine Brücke spannen zwischen dem Früheren und dem Späteren: In *Der Bulle von Bendylaw* aus dem Debüt bricht das Meer herein, herrscht Land unter, wie im vorliegenden Band in *Lyonesse*, enthaltend auch *Marias Lied*, worin Menschen dem Feuer zum Opfer fallen wie in der *Hexenverbrennung* aus dem *Gedicht*(zyklus) *für einen Geburtstag.*

Die Beispiele ließen sich fortführen, die Reihe der Themen mit Variation, schwerer Schlaf und Schlaflosigkeit, Schwangerschaft und Unfruchtbarkeit, Fehlgeburten und solche, die schließlich doch Kinder in die Arme legen, das Alleinsein in Landschaft und Park, unter Himmeln, die bedrücken, unfroh und ausgesetzt stimmen, noch wenn sie wolkenlos sind. Das Gleißen der Sonne, das Spiegeln der Wasserflächen, Blumen, oft welk oder penetrant riechend, Brombeeren, schwarz, das Blut ebenso, Farben aller Art, die meist nichts Gutes verheißen, Leichentücher.

Neben der Zufluchtslosigkeit aber, und mehr noch als sie, scheint es die Stillgestelltheit zu sein, die dem Ich am durchdringendsten zusetzt. Die immer Symptom ist für etwas nicht mehr richtig und gut Gehendes, kaum erklärlich falsche Abbiegung, Verfehlung des gelingenden Seins. Was nach meinem Dafürhalten gerade nicht für ein Schreiben auf den Tod zu, eine Todessehnsucht spricht, sondern die nach dem Kennzeichen des Lebens, auch Plath-zeitgenössisch kybernetisch gesprochen, schlechthin: Bewegung. Auffällig ist deren Angehaltenheit in vielen Gedichten. *[D]ie Wellen,* / [...] *In der Luft abbre-*

*chend* wirken verhindert wie *[d]as eingefrorene Pferd auf seinem Chrompfahl.* Wege werden als *zu einem Knoten verknäult* beschrieben, und *[d]er Knoten ist das [I]ch selbst.* Es ist *ein Stein, ein Stock, starr wie ein Fossil, verharr[t], gekrümmt wie ein Finger, im Schlaf.* Passagiere auf einer Atlantiküberfahrt, bei einem lebensverändernden Aufbruch also, bleiben *[i]n sich selbst wie in Schleier eingesponnen, keiner bewegt sich oder spricht,* der Patient *hat seinen Mund geschlossen über der Steinpille der Ruhe.* / [...] *[E]ine Statue, die die Pfleger wegrollen,* und als *bittere Spinne sitzt / Und sitzt* die Witwe *im Zentrum ihrer lieblosen Speichen. / Tod ist das Kleid.* Tot ist auch inmitten einstiger Ferienleichtigkeit der *Geruch von Holzhütten in der Sonne,* die Segel, wie lebendig reagierend auf jede Windbewegung, gleichen *salzigen Leichentücher[n]* im letzten Gedicht, das schmerzhaft insistierend die Frage aufwirft: *Ist man erst einmal lahmgelegt, / Ohne dass etwas übrig blieb – Was ist das Gegenmittel? Das Wandeln an stillen Gewässern? Erinnerung?*

Narzissen, Fasane, Babys – sie scheinen ein Gegenmittel. Letztere jedoch schon wieder zwiespältiger Art, ketten sie doch ans Haus, die Routinen, eine spezifische Art des Alleinseins. Des Alleinseins auch mit einer Entscheidung, die das episch-dramatische Gedicht *Drei Frauen* in aller Ambiguität durchexerziert. Am Ende scheint das Eine beinahe so gut, lebbar oder nicht wie das Andere und Dritte.

Eine besondere Form des Nicht-vom-Fleck-Kommens stellen die teils fast wörtlichen Wiederholungen dar. So heißt es in den *Drei Frauen* von der Beleuchtung auf der Entbindungsstation: *Die Nachtlampen sind flache rote Monde. Sie sind matt vor Blut,* deutlich erkennbar als Wiederaufnahme einer Zeile des ein paar Monate früher entstandenen *Der Chirurg um 2 Uhr nachts,* nur verschoben um ein Wort: *Die roten Nachtlampen sind flache Monde. Sie sind matt vor Blut.* Auffällig auch die zweimalige Zusammenrückung des Herzens und einer bestimmten Blumenart: *My heart is a stopped geranium* lautet die Zeile im *Gedicht für einen Geburtstag,* die ich damals übersetzte mit: *Mein Herz ist eine welke Geranie.* Ich kannte das Gedicht *Mystic* noch nicht, wusste nicht, dass ich es zehn Jahre später ebenfalls übertragen würde: *The sun blooms, it is a geranium. / The heart has not stopped.* Sonst hätte ich mich, um die Verbindungslinie deutlicher zu ziehen, vielleicht um größere Ähnlichkeit bemüht, so aber ist es nun dies geworden: *Die Sonne blüht, sie ist eine Geranie. / Das Herz steht nicht still.* Und Weiteres wanderte aus diesem Geburtstagsgedicht, einem Konzentrat Plath'schen Dichtens fast, in spätere Texte ein: *Sag mir meinen Namen* klingt als Echo nach in *Sag mir, dass ich hier bin* (*Zwei Camper im Wolkenland*) und die *Küsse*, die damals ein sinistrer Affe *warf*, kehren wieder als der *Frau des Zoowärters* von *Schnecken* […] *wie schwarze Äpfel* zugeworfen.

Gerade solch Wiederauftauchen erfordert bei der Übersetzerin beinahe paradoxerweise ein gutes Gedächtnis, eine Wiedererkennung, ermöglicht durch Wieder- und Wiederbewegen von Worten, Zeilen auf der Suche nach einer überzeugenden Form in anderer Sprache. Hierunter fällt auch das Erkennen versteckter Reime, intrikater Reim- und Halbreimmuster, penibel durchgezählter Silben, die schon im Original mitunter erst beim dritten Hinsehen auffallen, dennoch wirksam sind und als vermeintlich »bloße« Formalia nicht einfach ohne merkliche Verluste subtrahierbar. Die Stunden, das Gehirnschmalz, die fluchende, suchende Hingabe, die da hineinfließen – wer sieht sie der Übertragung an? Wäre ja schlimm, wenn. Und die Frage stellt sich mir nicht als eine, die nach Antwort verlangt. Ich sage mir, ich mache es für *die Dicke Frau* auf den letzten Seiten von Salingers *Franny und Zooey*. Wer will, kann sie finden, dort und in sich, also überall.

Bleiben die Unübertragbarkeiten, die das Gedicht unübertrefflich machen als solches. Der Punkt der Unübersetzbarkeit, die, wie man vielleicht schon gehört hat, das Gelingen des Gedichts beweise. Es ließe sich pauschal nicht unterschreiben, und womöglich würde eher umgekehrt ein brauchbarer Schuh daraus. Es fängt ganz einfach an, in einem vertrackten Gebilde wie dem *Verbrennen der Briefe* noch einmal: *my – cry – eye*, diese drei reimen, um es anglisiert zu sagen. Und es ist wichtig. Für die letzte Strophe und im kaum durchdringlichen, assonanzenreichen Gesamtgeflecht des Gedichts. Eine exakte Entsprechung im Deutschen gibt es, bei aller Verwandtheit der Sprachen, nur manchmal glücksweise und hier nicht. So bleibt als beste Lösung nur der Ausgleich an anderen Stellen, die Freiheit klingender Auswahl aus den Möglichkeiten der eigenen Sprache, Freiheit auch der Umstellung, sinngemäßen Abweichung, gratwandernd, versteht sich. Ein heikles Unterfangen bleibt es, Verluste sind hinzunehmen. *Dyeing* aus selbigem Gedicht legt in Nachbarschaft zur vorangegangenen Tötungsszenerie, gewendet zur *immortality*, Unsterblichkeit, homophon ›dying‹ nahe, das ›Sterben‹ im hier verwendeten ›Färben‹. Verstiegener wird es noch im Dunstkreis der sich *[s]chlängelnde[n]* Orchidee, im Original *[s]inuous orchis* – wer den Grund, auf dem sie gedeiht im Gedicht, mitbedenkt, denkt vielleicht auch, Scrabble im Kopf, an ›original sin‹, die ›Ursünde‹, die die Übersetzung unterschlagen muss oder versuchen kann, in der Wortwahl des Attributs als Versucherin mitzutransportieren.

Gewiss ist, dass die Möglichkeiten nur in der Annäherung liegen, die bestenfalls wieder ein Gedicht ist oder daran doch die möglichste Annäherung. Sie ist das Ziel der Zielsprache und vielleicht gar die bessere Wahl, besser, als würde überhaupt keine Differenz spürbar, kein Übertragenwordensein mit unauflösbaren Resten oder unwillkürlich übernommenen Mustern der Originalsprache; wenn's nur geschmeidig und stockungsfrei wäre, wär's verdächtig, suggerierte zu große Gewissheit; nicht nur die Poesie aber, sondern gerade auch die poetische Übersetzung entsteht aus Ungewissheit und sollte, meinem Empfinden nach, diese auch sichtbar halten. Ein Stolpern nötigt zu langsamerem, nochmaligem Lesen, Mitdenken, Nachvollziehen übersetzerischer Lösungen, was alles förderlich doch zu betrachten ist. Ich baue diese Stolpersteine nicht absichtlich ein, sie lassen sich nur nicht einebnen, und ich befürworte das, ein Katzenkopfpflaster ist, ästhetisch apodiktisch gesprochen, schöner als glatter Asphalt, Sarah Kirschs gleichnamiges Gedicht, das endet mit *Bevor ich stürze, bin ich weiter* könnte man hier auch so verstehen, dass das Moment der Irritation an sich schon weiterbringt, unversehens.

Und mit erweitertem Blick an den Anfang zurück. *[T]he heart won't start*, wird dort gleich im ersten Gedicht den totgeborenen der Gattung diagnostiziert, *das Herz bleibt stumm*. Eine Aussage verfrühten Fatalismus, wie sich wohl im Folgenden herausstellt. Das Ich jedenfalls, es lebte und lebt, ich nenne es nicht das lyrische, das führt nur zu Verwechslungen, und es staunt doch ganz am Ende über sein Organ: *The heart has not stopped – Das Herz steht nicht still*.

Soll man es nun die traurige Traumverkehrung der Wirklichkeit nennen? Ich nenne es die konsequente Anverwandlung der Wirklichkeit durch die Logik der Poesie, die schließlich die einzig reelle ist, die einzige Chance auf ein Leben, das mehr ist als Überleben.

*Judith Zander*

# Anmerkungen

1 Das Gedicht gilt als unvollendet, siehe Ted Hughes' Anmerkungen in den *Collected Poems*, Faber & Faber, 1981.

2 Teil des Londoner Parks Hampstead Heath.

3 Im Britischen bezeichnet *crocodile* auch etwas, das man kaum mit dem Raubtier verbinden würde: eine Schulmädchen-Zweierreihe.

4 Bezogen auf das Wickeln eines Säuglings, im Englischen *to swaddle*, das etwas anderes als ›Windeln anlegen‹ meint, nämlich das heute in der westlichen Welt kaum noch praktizierte feste Einwickeln des kleinen Körpers mit angelegten Armen zum Zweck der Ruhigstellung und besseren Transportabilität, auch ›Pucken‹ genannt.

5 Gemeint ist Ethen, auch Äthylen genannt, eine gasförmige organische Substanz, die z. B. von reifen Äpfeln verströmt und als Reifegas u. a. für Bananen eingesetzt wird, daher der Name. Zu Zeiten Plaths fand es neben Lachgas noch Anwendung als leichtes Betäubungsmittel, heute aufgrund seiner Explosivität in Verbindung mit Sauerstoff und seines unangenehmen Geruchs wegen nicht mehr.

6 Im Englischen ist *heavy with child* ein Ausdruck für ›schwanger‹, im Deutschen scheint die etymologische Verbindung nur noch im Wort ›Hebamme‹ auf. Die Bedeutungskomponente des (Ge-)Wichtigen bei *heavy* im Zusammenhang mit einer Schwangerschaft, die das Gedicht transportiert, klingt im Deutschen höchstens im medizinischen Ausdruck ›Gravidität‹ an.

7 Kleine Insel vor Marblehead, Massachusetts, auch unter dem Namen *Cat Island* bekannt. Nachdem sie für ein Hospital zur Pockenimpfung im 18. Jahrhundert, ein Hotel im 19. Jahrhundert und ein Sanatorium für Kinder in der ersten Hälfte des 20. Jahrhundert genutzt worden war, wurde die Insel 1955 von der YMCA gekauft, die dort ein Kindercampinglager einrichtete.

8 Jazzstandard, 1918 von Bob Carleton komponiert.

9 1942 erschienene Essay-Sammlung von Philip Wylie, in der er heftige Kritik an den Zuständen der US-amerikanischen Gesellschaft übt, u. a. an dem von ihm *Momism* genannten Mutterkult.

10 Das Gedicht gilt als unvollendet, siehe Ted Hughes' Anmerkungen in den *Collected Poems*, Faber & Faber, 1981.

11 Ursprünglich auf Einladung der BBC als Radiostück (verse play for radio) geschrieben und am 19. 8. 1962 ausgestrahlt.

12 S. P. spielt hier wahrscheinlich auf die Danaë-Geschichte der griechischen Mythologie an: Danaë wird, wie so viele, unfreiwillig Geliebte des Zeus,

der sich in Gestalt eines goldenen Regens Zutritt zu ihr verschafft. Von ihm empfängt sie ein Kind, den späteren Helden Perseus.

13 Es ist nicht eindeutig zu entscheiden, worauf sich das *it* des Originals bezieht, auf den ›Schrei‹ oder, in etwas tautologischerer Lesart, auf die ›Unsterblichkeit‹.

14 Gemeint ist hier, wie wohl auch im Original, der ›Haufen‹ im doppelten, auch militärischen Sinne als Heerhaufen, obschon er als eine Bezeichnung hauptsächlich der Frühen Neuzeit (Bauernkriege) nicht mehr ganz in die napoleonische Zeit passt.

15 Wie Ted Hughes in den *Collected Poems* zu diesem Gedicht anmerkt, kann ein Bienenschwarm, der sich hoch oben in einem Baum versammelt hat, durch laute Geräusche bewegt werden, so weit herunterzukommen, dass der Imker ihn einfangen kann und anschließend, wie weiter unten im Gedicht beschrieben, auf ein Brett schütten, das zum neuen Bienenkorb führt, in den die Bienen dann offenbar willig hineinkrabbeln.

16 Die Redewendung *knock into a cocked hat* bedeutet in etwa ›vernichtend schlagen‹, u. U. auf lächerliche Weise, wörtlicher wird etwas oder jemand bis zur Unkenntlichkeit deformiert. *Cocked hat* als Bezeichnung für den Dreispitz kommt S. P. in diesem Zusammenhang besonders gelegen, sie mokiert sich jedoch über ihn, indem sie ihn bloß aus Stroh sein lässt.

17 Eventuell Anspielung auf die Reaktion Napoleons nach der katastrophalen Niederlage seiner Truppen in der Schlacht an der Beresina (heute in Belarus) im November 1812, die er in desaströsem Zustand zurückließ, um nach Paris zurückzukehren. Ein von ihm daraufhin veröffentlichtes Bulletin endet mit dem Satz: »Die Gesundheit seiner Majestät war niemals besser.«

18 Das Possessivpronomen bezieht sich nicht auf Lyonesse, das sächlich bezeichnet wird, sondern ist (noch unbestimmt) männlich (*his*).

19 Siehe Anm. 18.

20 Um das angeblich im frühen Mittelalter im Meer versunkene Land Lyonesse ranken sich die gleichen Legenden wie um Atlantis, Vineta und (das allerdings tatsächlich in einer Flut untergegangene) Rungholt: der Untergang als eine durch Dekadenz und Gottlosigkeit auf sich gezogene Strafe und eine Art Konservierung auf dem Meeresgrund, die sich durch hin und wieder vernehmbares Glockenläuten bemerkbar macht. Lyonesse soll vor Cornwall (der Nachbargrafschaft Devons, wo S. P. bis zum Spätherbst 1962, noch einige Monate über die Trennung von Ted Hughes hinaus, ein Bauernhaus bewohnte) gelegen und sich bis zu den Scilly-Inseln erstreckt haben. Im Artus-Sagenkreis ist es die Heimat des Ritters Tristan, des tragisch Liebenden.

21 Name einer heißen Quelle im Yellowstone-Nationalpark im Nordwesten der USA, deren Becken dank spezieller im Wasser lebender Bakterien von auffällig blauer Farbe ist. Benannt ist sie nach den blauen Blüten einer Windenart, deren Name im Englischen *Morning Glory* lautet.

22 *pall* meint sowohl ›Leichentuch‹ als auch ›Rauchwolke, Dunstglocke‹, die doppelte Bedeutung ist hier sicher intendiert.

23 Es ist wahrscheinlich, dass die mehrfache Besetzung des Begriffes *holocaust* S. P. bekannt war und an dieser Stelle bewusst eingesetzt wurde: sowohl im ursprünglichen Sinne des ›Brandopfers‹ (siehe 1. Strophe) als auch in dem seit dem späten 19. Jahrhundert gebräuchlichen der ›Vernichtung‹, eines ›Genozids‹, und in dem, im englischen Sprachraum dann allerdings mit großem Anfangsbuchstaben geschriebenen, spezifischen der Judenvernichtung im Nationalsozialismus, auch wenn die Bezeichnung *the Holocaust* für dieses Ereignis in den USA ab den 1950er Jahren nur vereinzelt gebraucht wurde und sich erst in den 1960ern, in Europa nicht vor den späten 1970ern, also nach Lebzeiten Plaths, etablierte, deren Familie deutsche Wurzeln hatte und die sich aufgrund dieser Herkunft gewissermaßen erblich mitverstrickt wähnte in die Verbrechen der noch nicht lange zurückliegenden Vergangenheit.

24 Nicht eindeutig zu klärende Stelle, die so jedoch in allen verfügbaren Druckversionen des Gedichts zu finden ist. In den *Collected Poems* gibt Hughes den Hinweis *no final copy was made*, eine endgültige Abschrift von Plath existiert also nicht, so dass es ihr selbst nicht aufgefallen sein dürfte. Das Wort *belge* existiert im Englischen nicht, im Französischen meint es ›belgisch‹, eine Bedeutung, die semantisch und aus einer Fremdsprache übernommen im Kontext des Gedichtes aber wenig Sinn ergibt. Die Vermutung liegt nahe, dass es sich um einen reproduzierten Druckfehler handeln könnte und es eigentlich ›beige‹ heißen müsste, ein Farbadjektiv, das sich schlüssiger in die vorausgegangene Beschreibung der ältlichen Nachbarin als gelblich fügen würde.

25 Im Mittelalter und noch darüber hinaus glaubte man, dass im Kopf von Kröten Steine wüchsen (ähnlich wie Nieren- oder Gallensteine), denen eine medizinisch-magische Wirkung gegen Vergiftungen zugesprochen wurde. Was als ›Krötensteine‹ gehandelt wurde, waren tatsächlich versteinerte Zähne von im Jura vorkommenden Knochenfischen, die von perfekt glatter runder oder ovaler Form und meist bräunlich waren.

26 Zwar existiert keine Schneeglöckchenart mit diesem Namen, jedoch ist das vierte Charakterstück in Pjotr Tschaikowskis op. 37a, *Die Jahreszeiten*, (in der englischen Übersetzung) betitelt mit *April. Snowdrop*.

27 Einer der englischen Trivialnamen von *Monotropa uniflora*, wegen ihres

chlorophyllfreien, wachsweißen Erscheinungsbildes auch *Ghost Plant* (›Geisterpflanze‹) oder *Corpse Plant* (›Leichenpflanze‹) genannt.

28 Alle zitierten Übersetzungen aus *The Colossus* entstammen dem Band *The Colossus / Der Koloss*, übersetzt von Judith Zander, Suhrkamp 2013.

29 Faber & Faber, 1981.

30 *Collected Poems, Introduction*, Faber & Faber 1981, S. 2.

# Contents

# Inhalt

Die mit * versehenen Gedichte sind in den *Collected Poems*, veröffentlicht 1981 bei Faber & Faber, London, enthalten und bisher nicht auf Deutsch gesammelt in Buchform erschienen. Die mit ° versehenen Gedichte wurden erstmals in dem Zyklus *Winter Trees* versammelt, alle weiteren Gedichte im Band *Crossing the Water*, beide Bände wurden 1971 bei Faber & Faber, London, veröffentlicht.

# Bibliothek Suhrkamp
Verzeichnis der letzten Nummern